TRANZLATY

El idioma es para todos

Language is for everyone

La llamada de Cthulhu

The Call of Cthulhu

H.P. Lovecraft

Español
English

www.tranzlaty.com

El horror hecho de arcilla
The Horror Made of Clay

Hay algo que me parece particularmente misericordioso.
There is one thing I find particularly merciful.
La incapacidad de la mente humana para correlacionar eventos.
The inability of the human mind to correlate events.
Es una bendición que no podamos comprender el mundo.
It's a blessing that we can't understand the world.
Vivimos dichosamente en una plácida isla de ignorancia.
We live blissfully on a placid island of ignorance.
Una isla en medio de mares negros infinitos.
An island in the midst of black seas of infinity.
Y no estaba previsto que viajáramos muy lejos.
And it was not meant that we should voyage far.
Cada una de las ciencias se orienta en su propia dirección.
The sciences each strain in their own directions.
Pero hasta ahora los descubrimientos científicos nos han perjudicado poco.
But hitherto science's findings have harmed us little.
Pero algún día el conocimiento fragmentado se unirá.
But some day dissociated knowledge will be pieced together.
Se nos abrirán perspectivas aterradoras de la realidad.
Terrifying vistas of reality will open up to us.
Y nos encontraremos en una posición espantosa.
And we will be left in a frightful vantage point.
O nos volveremos locos por la revelación que se nos da.
We will either go mad from the revelation we are given.
O huiremos de la luz mortal que veremos.
Or we will flee from the deadly light that we will see.
Huiremos del conocimiento que siempre habíamos buscado.
We will run from the knowledge we had always pursued.
Y buscaremos la paz y la seguridad de una nueva era oscura.
And we will seek the peace and safety of a new dark age.
Los teósofos han intentado calcular la escala del cosmos.
Theosophists have guessed at the scale of the cosmos.

Nuestro mundo no es más que un incidente transitorio en este ciclo.
Our world is but a transient incident in this cycle.
La raza humana desempeña un papel muy pequeño en el universo.
The human race plays but a little role in the universe.
Los teósofos han insinuado extraños métodos de supervivencia.
The theosophists have hinted at strange methods of survival.
Pero sus sugerencias helarían la sangre de cualquier hombre racional.
But their suggestions would freeze a rational man's blood.
Solo el optimismo de sus ideas oculta el horror.
Only the optimism of their ideas hides the horror.
Pero no son sus ideas las que más me dan escalofríos.
But it is not their ideas that chill me the most.
Hay otra cosa que me llena de terror.
It is something else that fills me with terror.
El único atisbo de eones prohibidos que he visto.
The single glimpse of forbidden eons I have seen.
Cuando pienso en lo que vi, se me hiela la sangre.
When I think of what I saw my blood stands still.
Desde aquel atisbo, la inquietud atormenta mis sueños.
Restlessness plagues my dreams since that glimpse.
Me llegó como todos esos temidos atisbos de la verdad.
It came to me like all dreaded glimpses of truth.
Una unión accidental de cosas separadas.
An accidental piecing together of separated things.
Un antiguo artículo de periódico y las notas de un profesor fallecido.
An old newspaper item and the notes of a dead professor.
En un instante, todo cobró sentido ante mí.
In a flash everything was pieced together before me.
Espero que nadie más llegue a esta terrible conclusión.
I hope no one else will accomplish this terrible insight.
Desde luego, si vivo, jamás ayudaré a nadie a saberlo.
Certainly, if I live, I shall never help anyone to know it.

Jamás, a sabiendas, aportaré un eslabón a una cadena tan espantosa.

I shall never knowingly supply a link in so hideous a chain.

Creo que el profesor también tenía la intención de guardar silencio.

I think that the professor, too, intended to keep silent.

No tenía intención de revelar los secretos que conocía.

He didn't mean to share the secrets that he knew.

Y estoy seguro de que habría destruido sus apuntes.

And I'm sure he would have destroyed his notes.

Si no le hubiera sobrevenido una muerte repentina y sospechosa.

If he had not been seized by sudden and suspicious death.

***

Mi conocimiento sobre el tema comenzó en el invierno de 1926-27.

My knowledge of the thing began in the winter of 1926-27.

Mi tío abuelo era el profesor George Gammell Angell.

My great-uncle was the professor George Gammell Angell.

Fue profesor emérito de lenguas semíticas.

He was the Professor Emeritus of Semitic languages.

Impartió clases en la Universidad de Brown, en Providence, Rhode Island.

He lectured in Brown University, Providence, Rhode Island.

Su muerte, a la edad de noventa y dos años, desencadenó el suceso.

His death, at the age of ninety-two, triggered the event.

Era ampliamente conocido como una autoridad en inscripciones antiguas.

He was widely known as an authority on ancient inscriptions.

Los directores de museos importantes acudían a él en busca de su experiencia.

Heads of prominent museums came to him for his expertise.

Por ello, su muerte fue notada por muchos dentro de los círculos académicos.

So his death was noticed by many within academic circles.
El interés se intensificó debido a la oscuridad en torno a su muerte.
Interest was intensified by the obscurity of his death.
Ocurrió cuando estaba desembarcando del barco en Newport.
It occurred as he was disembarking from the Newport boat.
Según los testigos, un individuo moreno de aspecto marinero lo había empujado.
Witnesses say a dark nautical-looking fellow had jostled him.
Según testigos, tras ser golpeado, cayó repentinamente.
After being stricken, he fell suddenly, witnesses say.
Los médicos no pudieron encontrar ningún trastorno visible.
Physicians were unable to find any visible disorder.
Tras un debate algo confuso, llegaron a su conclusión.
After some perplexed debate they reached their conclusion.
"Debió de ser una lesión del corazón", coincidieron.
"It must have been a lesion of the heart," they agreed.
"Al fin y al cabo, era un hombre bastante mayor", añadieron.
"After all, he was rather an elderly man," they added.
"La rápida ascensión de la empinada colina fue la causa de su muerte."
"the brisk ascent of the steep hill caused his end."
En aquel momento no vi motivo alguno para discrepar de esta afirmación.
At the time I saw no reason to dissent from this dictum.
Pero últimamente me inclino a cuestionar su conclusión.
But latterly I am inclined to wonder about their conclusion.
Y no me limito a preguntarme si tenían razón.
And I do more than just wonder if they were right.

***

Mi tío abuelo murió solo, viudo y sin hijos.
My grand-uncle died alone as a childless widower.
Y así me convertí en heredero y albacea de sus bienes.
And so I became heir and executor to his possessions.

Así que se esperaba que yo revisara sus documentos y escritos.

So I was expected to go over his papers and writings.

Trasladé todos sus archivos y cajas a mi casa en Boston.

I moved his entire set of files and boxes to my Boston home.

Gran parte del material que recopilé se publicará posteriormente.

Much of the materials I collected will later be published.

Muchos académicos de su campo mostraron gran interés en su trabajo.

Many academics in his field took great interest in his work.

La sociedad arqueológica estadounidense dependía enormemente de él.

The American archeological society relied on him greatly.

Pero había una caja que me resultó sumamente desconcertante.

But there was one box which I found exceedingly puzzling.

Sentía mucha aversión a mostrar estos archivos a otras personas.

I felt much averse from showing these files to other eyes.

La caja estaba cerrada con llave, a diferencia de las demás.

The box had been locked, unlike the other boxes.

Y al principio no encontré ninguna llave que abriera esta caja.

And initially I found no key that would open this box.

Pero entonces se me ocurrió dónde estaba la llave.

But then the location of the key occurred to me.

El profesor siempre llevaba un llavero en el bolsillo.

The professor always carried a keyring in his pocket.

Efectivamente, fue una de esas llaves la que abrió la caja.

It was indeed one of these keys that opened the box.

Pero dentro del palco había una barrera aún más hermética.

But in the box was a still more closely locked barrier.

¿Cuál podría ser el significado del bajorrelieve queer?

What could be the meaning of the queer bas-relief?

Diversos recortes de papel acompañaban el bajorrelieve.

Various paper cuttings accompanied the bas-relief.

¿A qué aludían esos apuntes y divagaciones inconexas?
What did the disjointed jottings and ramblings allude to?
¿Se había vuelto mi tío crédulo ante imposturas
superficiales?
Had my uncle become credulous to superficial impostures?
Quizás en sus últimos años su pensamiento crítico
disminuyó.
Perhaps in his later years his criticalness thought slowed.
Alguien había perturbado la tranquilidad de este anciano.
Someone had disturbed this old man's peace of mind.
Así pues, decidí localizar al excéntrico escultor.
And so I resolved to locate the eccentric sculptor.
El hombre que desencadenó la extraña obsesión de mi tío.
The man who set in motion my uncle's strange obsession.

***

El bajorrelieve tenía aproximadamente forma rectangular.
The bas-relief was roughly shaped like a rectangle.
La forma rectangular tenía menos de una pulgada de grosor.
The rectangular shape was less than an inch thick.
Y el bajorrelieve medía aproximadamente cinco por seis
pulgadas de área.
And the bas-relief was about five by six inches in area.
Era obvio que el bajorrelieve era de origen moderno.
It was obvious that the bas-relief was of modern origin.
Sin embargo, los diseños distaban mucho de tener un aire
moderno.
The designs, however, were far from modern in atmosphere.
Las inscripciones sugerían una civilización mucho más
antigua.
The inscriptions suggested a far older civilization.
Las extravagancias del cubismo y el futurismo fueron
numerosas y desmesuradas.
The vagaries of cubism and futurism were many and wild.
Pero normalmente esos patrones no logran generar
regularidad.

But normally such patterns fail to produce regularity.

La críptica regularidad que se esconde en la escritura prehistórica.

The cryptic regularity which lurks in prehistoric writing.

Esta regularidad estaba sin duda presente en el bajorrelieve.

This regularity was certainly present in the bas-relief.

Estaba seguro de que las inscripciones representaban un sistema de escritura.

I was certain the inscriptions represented a writing system.

Tenía cierto conocimiento de los documentos de mi tío.

I had some familiarity with the papers of my uncle.

Y yo había revisado todas sus colecciones y obras.

And I had looked through all of his collections and works.

Pero no encontré ningún escrito similar.

But I failed to find any writing that was similar.

No pude ubicar geográficamente este alfabeto de ninguna manera.

I could not geographically place this alphabet in any way.

Tampoco pude adivinar de qué época procedía este escrito.

Nor could I guess from what time this writing came from.

Sobre estos aparentes jeroglíficos había una figura.

Above these apparent hieroglyphics there was a figure.

La figura era evidentemente solo con fines ilustrativos.

The figure was evidently only of pictorial intent.

El impresionismo de la pintura contribuyó al misterio.

The impressionism of the picture added to the mystery.

No se pudo discernir con claridad la naturaleza de la criatura.

No clear idea of the creature's nature could be discerned.

La criatura parecía ser un monstruo, de algún tipo.

The creature seemed to be a monster, of some sort.

O bien el símbolo representaba algún tipo de monstruo.

Or the symbol represented a monster, of some sort.

Solo una mente enferma podría concebir tal forma.

Only a diseased mind could conceive of such a form.

Mi imaginación generó diferentes imágenes simultáneamente.

My imagination yielded different pictures simultaneously.
Pero mi imaginación también puede ser un tanto extravagante.
But my imagination may also be somewhat extravagant.
Un pulpo, un dragón y también una caricatura humana.
An octopus, a dragon, and also a human caricature.
Trataré de no ser infiel al espíritu de la cosa.
I shall try not be unfaithful to the spirit of the thing.
Una cabeza pulposa y tentaculada coronaba un cuerpo escamoso.
A pulpy, tentacled head surmounted a scaly body.
De la grotesca forma sobresalían alas rudimentarias.
Rudimentary wings protruded from the grotesque shape.
Pero la forma del monstruo ni siquiera era lo peor.
But the shape of the monster wasn't even the worst part.
El fondo de la imagen era aún más aterrador.
The background of the picture was even more frightening.
El paisaje sugería vagamente la existencia de otra civilización.
The scenery had a vague suggestion of another civilization.
Arquitectura ciclópea de una parte olvidada del mundo.
Cyclopean architecture from a forgotten part of the world.

***

La rareza solo iba acompañada de algunas notas y recortes de prensa.
Only some notes and press cuttings accompanied the oddity.
Los recortes de prensa parecían estar relacionados solo vagamente.
The press cuttings seemed to be only vaguely related.
Todas las notas escritas a mano eran de mi tío.
The hand written notes were all from my uncle.
Pero sus notas no pretendían seguir ningún estilo literario.
But his notes made no pretense to any literary style.
No existía ningún mecanismo para ordenar ninguno de los documentos.

There was no ordering mechanism to any of the papers.

Aunque parecía existir un documento maestro para las notas.

Although there seemed to be a master document to the notes.

Este documento fue atribuido al culto de Cthulhu.

This document was ascribed to the cult of Cthulhu

Las letras de la palabra habían sido escritas minuciosamente.

The word's letters had been painstakingly written out.

No debería haber ninguna interpretación errónea de la palabra desconocida.

There should be no erroneous reading of the unheard of word.

Este manuscrito de Cthulhu estaba dividido en dos secciones;

This Cthulhu manuscript was divided into two sections;

El primer manuscrito se titulaba de la siguiente manera:

The first manuscript was titled the following:

"1925 - Sueños y obras oníricas de H.A. Wilcox"

"1925 - Dream and Dream Work of H. A. Wilcox"

"7 Thomas St., Providence, Road Island"

"7 Thomas St., Providence, Road Island"

Y el segundo manuscrito se titulaba de la siguiente manera:

And the second manuscript was titled the following:

"Relato del inspector John R. Legrasse"

"Narrative of Inspector John R. Legrasse"

"121 Bienville St., Nueva Orleans, 1908 Reuniones."

"121 Bienville St., New Orleans, 1908 Meetings."

"Notas sobre Same y relato de los hechos por el profesor Webb"

"Notes on Same, & Prof. Webb's account of events"

Los demás manuscritos eran todos notas breves.

The other manuscript papers were all brief notes.

Algunos manuscritos describían los sueños extraños de diferentes personas.

Some manuscripts described the queer dreams of different persons.

Algunos manuscritos citados proceden de libros y revistas teosóficas.

Some manuscripts cited from theosophical books and magazines.

Cabe destacar que la mayoría de estas citas procedían de W. Scott-Eliott.

Notably, most of these citations were from W. Scott-Eliott.

Las notas hacían referencia principalmente a la Atlántida y a la Lemuria perdida.

Mainly the notes referenced Atlantis and the Lost Lemuria.

Las demás notas comentaban sobre sociedades secretas que habían perdurado durante mucho tiempo.

The other notes commented on long-surviving secret societies.

Sectas ocultas que pueden o no seguir existiendo en algún lugar.

Hidden cults that may or may not still exist somewhere.

Dos libros parecían proporcionar la mayor parte de la información;

Two books seemed to provide most of the information;

El culto a las brujas de la señorita Murray en Europa Occidental.

Miss Murray's Witch-Cult in Western Europe.

Este libro detalla exhaustivamente las fuentes mitológicas.

This book thoroughly detailed Mythological sources.

Y La rama dorada de Frazer proporcionó fuentes antropológicas.

And Frazer's Golden Bough provided anthropological sources.

***

Los recortes aludían en gran medida a enfermedades mentales extravagantes.

The cuttings largely alluded to outré mental illnesses.

Brotes de locura y manía colectiva en la primavera de 1925.

Outbreaks of group folly and mania in the spring of 1925.

La primera mitad del manuscrito contaba una historia muy peculiar.

The first half of the manuscript told a very peculiar tale.

El 1 de marzo de 1925, un joven delgado y moreno se presentó ante mi tío.

1925, the 1st of March, a thin dark young man came to my uncle.

El manuscrito describe su aspecto neurótico y excitado.

The manuscript describes his neurotic and excited aspect.

Y llevaba consigo el extraño bajorrelieve.

And he bore with him the strange bas-relief.

En aquel momento, el bajorrelieve estaba extremadamente húmedo y fresco.

At that time the bas-relief was exceedingly damp and fresh.

Su tarjeta llevaba el nombre de Henry Anthony Wilcox.

His card bore the name of Henry Anthony Wilcox.

Y mi tío lo había reconocido vagamente.

And my uncle had slightly recognized who he was.

Era el hijo menor de una excelente familia.

He was the youngest son of an excellent family.

Últimamente había estado estudiando escultura en Rhode Island.

Latterly he had been studying sculpture at Rhode Island.

Vivía solo en el edificio Fleur-de-Lys.

He lived alone at the Fleur-de-Lys Building.

Su residencia estaba cerca de la universidad.

His residences were near the university.

Wilcox era un joven precoz de genio reconocido.

Wilcox was a precocious youth of known genius.

Pero también era conocido por su gran excentricidad.

But he was also known for his great eccentricity.

Desde niño había llamado la atención de los demás.

From childhood he had excited the attention of others.

Contó historias extrañas que nadie le había contado.

He told of strange stories no one had told him about.

Y tenía la costumbre de contar sueños extraños.

And he was in the habit of relating strange dreams.

Se describió a sí mismo como "hipersensible psíquicamente".

He described himself as "psychically hypersensitive".

Pero quienes lo rodeaban tenían otra descripción de él.

But those around him had other descriptions for him.

Eran gente seria y formal de la antigua ciudad comercial.

They were staid folk of the ancient commercial city.

Y lo descartaron simplemente como extraño y "raro".

And they dismissed him as merely strange and "queer".

Y así, nunca se relacionó mucho con los de su clase.

And so he never mingled much with his kind.

Y su visibilidad social había ido desapareciendo gradualmente.

And he had dropped gradually from social visibility.

Actualmente, solo lo conoce un pequeño grupo de estetas.

Now he is known only to a small group of esthetes.

Y quienes lo conocían provenían en su mayoría de otras ciudades.

And those who knew him came mostly from other towns.

Incluso el club de arte de Providence lo consideraba un caso perdido.

Even the Providence art club had found him quite hopeless.

Por supuesto, estaban ansiosos por preservar su conservadurismo.

Of course they were anxious to preserve their conservatism.

***

El manuscrito del profesor continuaba describiendo la visita.

The professor's manuscript continued to describe the visit.

El escultor preguntó abruptamente por los conocimientos arqueológicos de su anfitrión.

The sculptor abruptly asked for his host's archeological knowledge.

Quería que identificara los jeroglíficos del bajorrelieve.

He wanted him to identify the hieroglyphics on the bas-relief.

Hablaba de una manera soñadora y algo forzada.

He spoke in a dreamy and rather stilted manner.

Su discurso denotaba pose y alienaba la simpatía.

His speech suggested pose and alienated sympathy.

Y mi tío demostró cierta agudeza en su respuesta.
And my uncle showed some sharpness in his reply.
Porque el bajorrelieve aún conservaba una frescura notable.
Because the bas-relief was still conspicuously freshness.
Por lo tanto, no había necesidad de ningún parentesco con la arqueología.
So there was no need for any kinship with archeology.
La réplica del joven Wilcox tuvo un tono poético extraordinario.
Young Wilcox's rejoinder was of a fantastically poetic cast.
Mi tío debió quedar impresionado con la respuesta.
My uncle must have been impressed with the reply.
Y registró la respuesta de Wilcox palabra por palabra.
And he recorded the reply of Wilcox verbatim.
"El bajorrelieve se conserva, en efecto, notablemente fresco."
"The bas-relief is indeed still conspicuously fresh."
"Porque hice este bajorrelieve anoche, después de un sueño."
"Because I made this bas-relief last night, after a dream."
"Un sueño de ciudades extrañas y gente aún más extraña."
"A dream of strange cities and stranger people."
"Y los sueños son más antiguos que el taciturno Tyros."
"And dreams are older than brooding Tyros."
"Los sueños son más antiguos que la contemplativa Esfinge."
"Dreams are older than the contemplative Sphinx."
"Y los sueños son más antiguos que la Babilonia rodeada de jardines."
"And dreams are older than the garden-girdled Babylon."
Este tipo de discurso resultó ser característico de él.
This type of speech turned out to be characteristic of him.
Fue entonces cuando comenzó a contar aquella historia divagante.
It was then that he began that rambling tale.
El relato que de repente resurgió de un recuerdo dormido.
The tale which suddenly played upon a sleeping memory.
El relato que despertó el fervoroso interés de mi tío.
The tale that won the fevered interest of my uncle.

La noche anterior se había producido un leve temblor.
There had been a slight earthquake tremor the night before.
Fue el temblor más considerable que Nueva Inglaterra había sentido en algunos años.
The most considerable tremor New England had felt for some years.
La imaginación de Wilcox se había visto profundamente afectada por el terremoto.
Wilcox's imagination had been keenly affected by the earthquake.
Había tenido un sueño insólito sobre grandes ciudades ciclópeas.
He had had an unprecedented dream of great Cyclopean cities.
Soñaba con bloques de Titania y monolitos que se elevaban hacia el cielo.
He dreamed of Titan blocks and sky-flung monoliths.
Toda la arquitectura estaba cubierta de una sustancia verde viscosa.
All the architecture was dripping with green ooze.
Y sus sueños estaban cargados de un horror latente.
And his dreams were sinister with latent horror.
Los muros y las columnas estaban cubiertos de jeroglíficos.
Hieroglyphics had covered the walls and pillars.
Desde algún lugar debajo de la casa se oyó un sonido.
From somewhere underneath there came a sound.
El sonido era el de una voz, pero no era una voz.
The sound was of a voice, but it was not a voice.
Una sensación caótica que solo la imaginación podía transformar en sonido.
A chaotic sensation which only fancy could transmute into sound.
Intentó pronunciar la palabra casi impronunciable.
He attempted to say the almost unpronounceable word.
Un revoltijo de letras improbables; "Cthulhu fhtagn".

A jumble of unlikely letters; "Cthulhu fhtagn".

Este revoltijo de palabras fue la clave del recuerdo de mi tío.

This verbal jumble was the key to my uncle's recollection.

Este extraño sonido excitó y perturbó al profesor Angell.

This strange sound excited and disturbed Professor Angell.

Interrogó al escultor con minuciosidad científica.

He questioned the sculptor with scientific minuteness.

Estudió el bajorrelieve con una intensidad casi frenética.

He studied the bas-relief with almost frantic intensity.

Mi tío le echó la culpa a su avanzada edad, dijo Wilcox después.

My uncle blamed his old age, Wilcox afterward said.

En su juventud habría reconocido los jeroglíficos.

In his younger days he would have recognized the hieroglyphics.

El diseño pictórico no habría desconcertado a su mente más aguda.

The pictorial design wouldn't have puzzled his sharper mind.

Muchas de sus preguntas le parecieron totalmente fuera de lugar a su visitante.

Many of his questions seemed highly out of place to his visitor.

Intentó vincularlo con extraños cultos mitológicos.

He tried to connect him to strange mythological cults.

Intentó que admitiera su pertenencia a sociedades secretas.

He tried to get him to admit affiliation to secret societies.

Mi tío incluso prometió guardar el secreto de su visitante.

My uncle even promised to keep his visitor's secret.

"¿No formas parte de un grupo místico muy extendido?"

"Are you not part of a widespread mystical group?"

"¿No perteneces a ninguna comunidad religiosa pagana?"

"Are you not a member of a paganly religious body?"

Finalmente, se convenció de que el escultor no era miembro.

Eventually he became convinced the sculptor wasn't a member.

En efecto, desconocía cualquier culto o sistema de saber críptico.

He was indeed ignorant of any cult or system of cryptic lore.

Asedió a su visitante con exigencias de que le contara sus sueños en el futuro.

He besieged his visitor with demands for future reports of dreams.

Esta extraña petición dio frutos regulares e interesantes.

This strange request bore regular and interesting fruit.

***

Tras la primera entrevista, el manuscrito recoge las llamadas diarias.

After the first interview the manuscript records daily calls.

Relató fragmentos sorprendentes de imágenes nocturnas.

He related startling fragments of nocturnal imagery.

En sus sueños siempre aparecían los mismos temas.

There were always the same themes in his dreams.

Una terrible vista ciclópea de piedra oscura y goteante.

A terrible Cyclopean vista of dark and dripping stone.

Una voz subterránea o una inteligencia que grita monótonamente.

A subterranean voice or intelligence shouting monotonously.

Dos sonidos parecían repetirse en sus sueños.

Two sounds seemed to repeat themselves in his dreams.

Pero estos sonidos eran tan enigmáticos como los demás.

But these sounds were as enigmatic as the other sounds.

Los sonidos solo pueden ser representados por las letras "Cthulhu" y "R'lyeh".

The sounds can only be rendered by the letters "Cthulhu" and "R'lyeh".

El 23 de marzo, continuaba el manuscrito, Wilcox no se presentó.

On March 23rd, the manuscript continued, Wilcox failed to come.

Mi tío preguntó en su domicilio por su paradero.

My uncle made inquiries at the quarters of his whereabouts.

Esa noche había sido víctima de una fiebre de origen desconocido.

That night he had been stricken with an obscure sort of fever.

Y lo llevaron a la casa de su familia en la calle Waterman.

And he was taken to the home of his family in Waterman Street.

Esa noche había gritado en uno de sus sueños.

That night he had cried out in one of his dreams.

Sus gritos despertaron a otros artistas que se encontraban en el edificio.

His cries aroused several other artists in the building.

Y se encontraba alternando entre la inconsciencia y el delirio.

And he was between alternations of unconsciousness and delirium.

Mi tío llamó inmediatamente por teléfono a la familia de Wilcox.

My uncle at once telephoned the family of Wilcox.

Y a partir de ese momento, siguió de cerca el caso.

And from that time forward he kept close watch of the case.

Solía visitar con frecuencia la consulta del Dr. Tobey en la calle Thayer.

He called often at the Thayer Street office of Dr. Tobey.

El doctor Tobey era el responsable del estado del paciente.

Dr. Tobey was in charge of the patient's condition.

La mente febril del joven divagaba sobre cosas extrañas.

The youth's febrile mind was dwelling on strange things.

El doctor se estremecía de vez en cuando al hablar de los sueños.

The doctor shuddered now and then as he spoke of the dreams.

Los sueños repetían muchos de los temas anteriores.

The dreams repeated a lot of the earlier themes.

Pero ahora sus sueños mencionaban algo nuevo.

But now his dreams made mention of something new.

Una cosa gigantesca "de millas de altura" que caminaba o se movía pesadamente.

A gigantic thing "a miles high" which walked, or lumbered about.

En ningún momento describió este objeto con detalle.
He at no time fully described this object in any detail.
Pero el doctor Tobey transmitió las palabras desesperadas de su paciente.
But Dr. Tobey relayed the frantic words of his patient.
Y el profesor fue convenciendo cada vez más de lo que era.
And the professor became increasingly certain of what it was.
La monstruosidad sin nombre que había intentado representar en su escultura.
The nameless monstrosity he had sought to depict in his sculpture.
El médico había mencionado el bajorrelieve que había realizado.
The doctor had mentioned the bas-relief he had made.
Esta mención precede al letargo que experimentará el joven.
This mention preludes the young man's subsidence into lethargy.
Curiosamente, su temperatura no estaba muy por encima de lo normal.
His temperature, oddly enough, was not greatly above normal.
Pero su estado general sugería que tenía fiebre.
But his general condition suggested he was in a fever.
Una fiebre, en contraposición a estar bajo el dominio de un trastorno mental.
A fever, as opposed to being in the grasp of a mental disorder.

***

El 2 de abril, alrededor de las 3 de la tarde, la fiebre remitió.
On April 2nd at about 3 p.m. the fever came to an end.
Todo rastro de la enfermedad de Wilcox cesó repentinamente.
Every trace of Wilcox's malady suddenly ceased.

Se incorporó en la cama como si despertara de un sueño normal.

He sat upright in bed as if waking up from regular sleep.

Se quedó asombrado al encontrarse en casa de sus padres.

He was astonished to find himself at his parents' home.

Y él desconocía por completo lo que había sucedido.

And he was completely ignorant of what had happened.

Ni el sueño ni la realidad habían dejado huella en su mente.

Neither dream nor reality had made an impression on his mind.

El doctor Tobey lo declaró apto para recibir el alta médica.

Dr. Tobey pronounced him fit to be dismissed from his care.

Y regresó a sus aposentos tres días después.

And he returned to his quarters three days later.

Pero al profesor Angell ya no le fue de más ayuda.

But to Professor Angell he was of no further assistance.

Con su recuperación, desaparecieron todos los rastros de sueños extraños.

All traces of strange dreaming had vanished with his recovery.

Durante una semana relató visiones irrelevantes y completamente comunes.

For a week he recounted irrelevant and thoroughly usual visions.

Y mi tío no dejó constancia de sus pensamientos nocturnos.

And my uncle kept no further record of his night-thoughts.

En este punto finalizaba la primera parte del manuscrito.

At this point the first part of the manuscript ended.

Pero mi investigación aún estaba lejos de haber concluido.

But my research was still anything but concluded.

Las referencias a notas dispersas ayudaron a reconstruir los hechos.

References to scattered notes helped piece things together.

Y había material más que suficiente para reflexionar.

And there was more than enough material for thought.

Mi desconfianza hacia el artista aún no había disminuido.

My distrust of the artist had still not subsided.

Pero esto se debió en gran medida a mi escepticismo arraigado.

But this was largely a result of my ingrained skepticism.

Las notas describían los sueños de varias personas.

The notes described the dreams of various persons.

Todos estos sueños ocurrieron mientras el joven Wilcox tenía fiebre.

These dreams all occurred while young Wilcox was in his fever.

Al parecer, mi tío no perdió el tiempo en recopilar los datos.

My uncle, it seems, wasted no time in collecting the data.

Rápidamente puso en marcha un conjunto de investigaciones de alcance extraordinariamente amplio.

He had quickly instituted a prodigiously far-flung body of inquiries.

A cualquier amigo que no mostrara impertinencia, lo cuestionaba.

Any friend that didn't show impertinence he questioned.

Les pedía que le contaran sus sueños cada noche.

He requested from them nightly reports of their dreams.

Y les preguntó si habían tenido alguna visión destacable últimamente.

And he asked if they had had any notable visions of late.

La acogida de su petición parece haber sido variada.

The reception of his request seems to have been varied.

Pero desde luego no faltaron las respuestas.

But there was certainly no shortage in replies.

Ningún hombre común y corriente habría podido manejar las respuestas por sí solo.

No ordinary man could have handled the replies alone.

La correspondencia original no se conservó.

The original correspondences were not preserved.

Pero sus notas conformaron un compendio exhaustivo y significativo.

But his notes formed a thorough and significant digest.

***

Inicialmente se había acercado a personas comunes y corrientes de la sociedad.

Initially he had approached average people in society.

La tradicional "sal de la tierra" de Nueva Inglaterra.

New England's traditional "salt of the earth".

Pero este grupo dio un resultado casi completamente negativo.

But this group gave an almost completely negative result.

Aunque también hubo algunas excepciones en este grupo.

Though there were some exceptions to this group too.

Casos aislados de impresiones nocturnas inquietantes pero informes.

Scattered cases of uneasy but formless nocturnal impressions.

Sus informes siempre se presentaban entre el 23 de marzo y el 2 de abril.

Their reports were always between March 23rd and April 2nd.

Esto coincidió con el mismo período de delirio del joven Wilcox.

This aligned with the same period of young Wilcox's delirium.

Los hombres de ciencia se habían visto solo un poco más afectados.

Men of science had been only a little more affected.

Aunque cuatro casos de descripción vaga resultaron interesantes.

Though four cases of vague description were of interest.

Habían vislumbrado fugazmente paisajes extraños.

They had had fugitive glimpses of strange landscapes.

Y en un caso se mencionó el temor a que ocurriera algo anormal.

And in one case a dread of something abnormal was mentioned.

Fue de los artistas y poetas de donde surgieron las respuestas pertinentes.

It was from the artists and poets that the pertinent answers came.

Es una bendición que nadie haya podido intercambiar impresiones.

It is a blessing no one had been able to compare notes.

Si hubieran compartido sus visiones, se habría desatado el pánico.

Panic would have broken loose had they shared their visions.

Sin embargo, esto no disipó mi escepticismo arraigado.

This, however, did not dispel my ingrained skepticism.

Otros podrían haber llegado a conclusiones míticas mucho más rápido.

Others might have come to mythical conclusions much quicker.

Pero las cartas originales no figuraban en las notas.

But the original letters were lacking from the notes.

Tenía la vaga sospecha de que el compilador había hecho preguntas capciosas.

I half suspected the compiler of having asked leading questions.

O tal vez la correspondencia no era del todo original.

Or perhaps the correspondences weren't entirely original.

Quizás mi tío se había propuesto confirmar los sueños de Wilcox.

Perhaps my uncle had resolved to confirm Wilcox's dreams.

Por eso seguí desconfiando del escultor.

That is why I continued to feel suspicious of the sculptor.

Quizás aún recordaba los datos antiguos de mi tío.

Perhaps he was still cognizant of my uncle's old data.

Quizás había estado abusando del científico veterano.

Perhaps he had been imposing on the veteran scientist.

No obstante, era necesario investigar los datos que corroboraban la información.

Nonetheless, the corroborating data had to be investigated.

*****

Las respuestas de los estetas contaban una historia inquietante.

The responses from the esthetes told a disturbing tale.

Del 28 de febrero al 2 de abril, sus sueños coincidieron.

From February 28th to April 2nd their dreams aligned.

Y una gran proporción de ellos había soñado cosas muy extrañas.

And a large proportion of them had dreamed very bizarre things.

También resultaba interesante la cronología de la intensidad de sus sueños.

The timing of the intensity of their dreams was also of interest.

El periodo de delirio del escultor marcó un punto culminante.

The period of the sculptor's delirium marked a highpoint.

La intensidad de sus sueños era inconmensurablemente mayor.

The intensity of their dreams were immeasurably the stronger.

Más de una cuarta parte reportó sonidos desconocidos e impronunciables.

Over a quarter reported unfamiliar and unpronounceable sounds.

Ruidos no muy diferentes a los que Wilcox también había descrito.

Noises not dissimilar to what Wilcox had also described.

Algunos describieron una arquitectura sumamente elaborada e imposible.

Some described highly elaborate and impossible architecture.

Y algunos de los soñadores confesaron sentir un miedo agudo.

And some of the dreamers confessed to an acute fear.

Al igual que Wilcox, habían visto una cosa gigantesca sin nombre.

Like Wilcox, they had seen some gigantic nameless thing.

Un caso en particular, que la nota describe con énfasis, fue muy triste.

One case, which the note describes with emphasis, was very sad.

El protagonista era un arquitecto muy conocido en la región.

The subject was a widely known architect of the region.
Él también tenía inclinaciones hacia la teosofía y el ocultismo.
He too had leanings toward theosophy and occultism.
Este hombre enloqueció violentamente el 22 de marzo.
This man went violently insane on March the 22nd.
La misma fecha exacta en que el joven Wilcox sufrió la convulsión.
The exact same date of young Wilcox's seizure.
Falleció varios meses después, tras gritar sin cesar.
He expired several months later, after incessant screaming.
Suplicó que lo salvaran de algún habitante fugado del infierno.
He begged to be saved from some escaped denizen of hell.
Lamentablemente, mi tío no mencionó estos casos por su nombre.
Regrettably, my uncle did not refer to these cases by name.
En cambio, a todos los estudios se les asignó simplemente un número.
Instead, all studies were given nothing more than a number.
De esta forma, me vi limitado a la hora de intentar cualquier investigación personal.
This way I was limited in attempting any personal investigation.
Y corroborar las pruebas adicionales resultó una tarea ardua.
And corroborating the evidence further was demanding.
Pero finalmente logré rastrear algunos casos.
But finally I did succeed in tracing down some cases.
Debería haber confiado en las notas de mi tío.
I should have trusted the notes from my uncle.
Relataron sus sueños tal como los habían contado.
They reported their dreams true to their reports.
A menudo me he preguntado qué creían que significaba aquel interrogatorio.
I have often wondered what they thought the questioning meant.
Es mejor que nunca les llegue ninguna explicación.

It is for the best that no explanation shall ever reach them.

***

Como ya he mencionado, mi tío también coleccionaba recortes de prensa.
As I have mentioned, my uncle also collected press clippings.
Estos recortes de prensa correspondían a las fechas en cuestión.
These press clippings corresponded to the dates in question.
Las fuentes estaban dispersas por todo el mundo.
The sources were scattered throughout the globe.
El profesor Angell debió haber contratado a una oficina de recortes.
Professor Angell must have employed a cutting bureau.
Porque la cantidad de extractos era tremenda.
Because the number of extracts was tremendous.
Existía un paralelismo con esta parte de su investigación.
There was a parallel to this part of his research.
Casos de pánico, manía y excentricidad.
Cases of panic, mania, and eccentricity.
Uno de los casos fue un suicidio nocturno en Londres.
One case was a nocturnal suicide in London.
Una persona que dormía sola saltó por una ventana tras oír un grito estremecedor.
A lone sleeper had leaped from a window after a shocking cry.
Una carta divagante al director de un periódico de Sudamérica.
A rambling letter to the editor of a paper in South America.
Un fanático deduce un futuro funesto a partir de visiones que había tenido.
A fanatic deduces a dire future from visions he had had.
Un reportaje procedente de California describe una colonia teósofa.
A dispatch from California describes a theosophist colony.
Se vistieron con túnicas blancas en masa para una "gloriosa realización".

They donned white robes en masse for some "glorious fulfilment".

Aunque esa "gloriosa plenitud" nunca llegó.

Although that "glorious fulfilment" never arose.

Parece haber un grave malestar entre la población nativa de la India.

There seems to be serious unrest from the natives in India.

Las orgías vudú se multiplicaron en Haití.

Voodoo orgies multiplied in Haiti.

En los puestos avanzados africanos se reportan murmullos ominosos.

African outposts report ominous mutterings.

Los oficiales estadounidenses en Filipinas consideran que ciertas tribus son problemáticas.

American officers in the Philippines find certain tribes bothersome.

Policías de Nueva York son asediados por levantinos histéricos.

New York policemen are mobbed by hysterical Levantines.

Esto ocurrió exactamente la noche del 22 al 23 de marzo.

This occurred exactly on the night of March 22-23.

El oeste de Irlanda también estaba plagado de rumores y leyendas.

The west of Ireland, too, was full of wild rumor and legendry.

Un pintor fantástico llamado Ardois-Bonnot fue noticia en Francia.

A fantastic painter named Ardois-Bonnot made the news in France.

Colgó un paisaje onírico y blasfemo en el Salón de Primavera de París.

He hung a blasphemous dream landscape in the Paris spring salon.

Los problemas registrados en los manicomios fueron inconmensurables.

The recorded troubles in insane asylums were immeasurable.

Un milagro debió de mantener a la comunidad médica ajena a todo.

A miracle must have kept the medical fraternities
unsuspecting.

**Pero nunca se percataron de los extraños paralelismos entre
los casos.**

But they never noted the strange parallelisms of the cases.

**De lo contrario, ellos también habrían llegado a
conclusiones desconcertantes.**

Else they too would have come to mystified conclusions.

**Debo confesar que, en efecto, se trataba de un conjunto de
recortes de papel bastante extraños.**

I must confess these were indeed a set of weird paper cuttings.

Mi tío había presentado un argumento convincente.

My uncle had put forward a convincing argument.

No puedo explicar cómo dejé de lado las pruebas.

I can't explain how I set the evidence aside.

Pero mi insensible racionalismo se impuso.

But my callous rationalism took the upper hand.

Y yo seguía desconfiando del joven escultor, Wilcox.

And I was still suspicious of the young sculptor, Wilcox.

**Debía de estar al tanto de los asuntos más antiguos
mencionados por el profesor.**

He must have known of the older matters mentioned by the
professor.

El cuento del inspector Legrasse
The Tale of Inspecter Legrasse

Permítanme desviar su atención del joven escultor.
Let me turn your attention away from the young sculptor.
Centrémonos ahora en la segunda mitad del manuscrito.
And let us focus on the second half of the manuscript.
Unos pocos sueños por sí solos no habrían sido tan significativos.
A few dreams alone would not have been so significant.
El bajorrelieve podría haber sido descartado como un engaño.
The bas-relief could have been dismissed as a hoax.
Pero mi tío ya había sido predispuesto a mostrar interés.
But my uncle had previously been primed to take interest.
El sueño de Wilcox parecía tener relación con acontecimientos pasados.
Wilcox's dream seemed to have a link to past events.
No era la primera vez que oía esa palabra.
It wasn't the first time that he had heard that word.
Las sílabas ominosas tal vez escritas como "Cthulhu".
The ominous syllables perhaps written as "Cthulhu".
Ya había visto y oído descripciones similares con anterioridad.
He had seen and heard of similar descriptions before.
Los contornos infernales de la monstruosidad sin nombre.
The hellish outlines of the nameless monstrosity.
Anteriormente, ya se había preguntado cómo descifrar esos mismos jeroglíficos.
He had previously puzzled over the same hieroglyphics.
Todo esto produjo una horrible cadena de acontecimientos.
All this produced a horrible connection of events.
No es de extrañar que acosara al joven Wilcox con preguntas.
It is no wonder he pursued young Wilcox with queries.
Y no debemos sorprendernos de que interrogara a Wilcox de esa manera.
And we must not be surprised he interrogated Wilcox so.

Esta experiencia anterior tuvo lugar en el año 1908.

This earlier experience had come in the year of 1908.

Diecisiete años antes de que Wilcox llegara a casa de mi tío abuelo.

Seventeen years before Wilcox came to my great-uncle.

La sociedad arqueológica se reunía en San Luis.

The archeological society were meeting in St. Louis.

El profesor Angell desempeñó un papel destacado en las deliberaciones.

Professor Angell had a prominent part in the deliberations.

Sus responsabilidades correspondían a su autoridad.

His responsibilities befitted one of his authority.

Fue uno de los primeros a los que se acercaron varias personas ajenas a la organización.

He was one of the first to be approached by several outsiders.

Aprovecharon la convocatoria para formular preguntas.

They took advantage of the convocation to offer questions.

Esperaban obtener una respuesta correcta de un experto.

They hoped for correct answering from an expert.

Cada uno de ellos tenía problemas muy particulares.

They each had very peculiar types of problems.

Y requerían soluciones muy diferentes.

And they required very different types of solutions.

El jefe de estos era un hombre de mediana edad de aspecto común.

The chief of these was a common-looking middle-aged man.

Y rápidamente se convirtió en el centro de atención de la reunión.

And he quickly became the meeting's focus of interest.

***

Había viajado desde Nueva Orleans hasta San Luis.

He had traveled to St. Louis all the way from New Orleans.

Había acudido a la reunión para obtener información especial.

He had come to the meeting for special information.

Conocimiento que no se podía obtener de una fuente local.
Knowledge that could not be unobtained from local source.
Su nombre era John Raymond Legrasse, inspector de policía.
His name was John Raymond Legrasse, police inspector.
Llevaba consigo el misterioso tema de sus indagaciones.
He bore with him the mysterious subject of his inquiries.
Una estatuilla de piedra grotesca y aparentemente muy antigua.
A grotesque and apparently very ancient stone statuette.
Una estatuilla cuyo origen nadie había podido determinar.
A statuette whose origin no one had been able to determine.
Pero no den por sentado que el inspector Legrasse era arqueólogo.
But don't assume Inspector Legrasse was an archeologist.
Tenía muy poco interés en la arqueología, ni en la mitología.
He had very little interest in archeology, nor mythology.
Su anhelo de iluminación tenía motivaciones bastante diferentes.
His wish for enlightenment had rather different motivations.
Su decisión de venir se debió a consideraciones puramente profesionales.
He was prompted to come by purely professional considerations.
La estatuilla había sido incautada durante una redada policial.
The statuette had been captured as part of a police raid.
Aunque ni siquiera se llegó a determinar si se trataba de una estatuilla.
Although whether it was even a statuette wasn't determined.
También podría haber sido un ídolo, un fetiche mágico o un amuleto.
It could also have been an idol, magic fetish, or charm.
Fuera lo que fuese, había sido capturado hacía algunos meses.
Whatever it was, it had been captured some months previously.

Se estaba celebrando una reunión en los pantanos boscosos de Nueva Orleans.
A meeting was being held in the wooded swamps of New Orleans.
La policía había recibido un aviso sobre una supuesta reunión de vudú.
The police had been tipped of about a supposed voodoo meeting.
Ritos extraños y espantosos relacionados con el círculo vudú.
Strange and hideous rites connected with the voodoo circle.
La policía no pudo evitar darse cuenta de con qué se habían topado.
The police could not but realize what they had stumbled on.
Una secta oscura totalmente desconocida hasta entonces para las autoridades.
A dark cult previously totally unknown to the authorities.
Mucho más siniestro de lo que un forastero podría esperar.
Infinitely more sinister than what an outsider could expect.
Más diabólico que los círculos de vudú africanos más oscuros.
More diabolic than the blackest of the African voodoo circles.
Se sonsacó a los miembros de la secta capturados relatos increíbles.
Unbelievable tales were extorted from the captured cult members.
Pero no se pudo descubrir nada sobre el origen de la reliquia.
But nothing of the relic's origin could be discovered.
De ahí la preocupación de la policía por cualquier conocimiento antiguo.
Hence the anxiety of the police for any antiquarian lore.
La mitología antigua podría explicar el espantoso símbolo.
Ancient mythology might explain the frightful symbol.
Un conocimiento más profundo podría tal vez rastrear la fuente.
Deeper knowledge could perhaps track the fountain-head.

El inspector Legrasse no estaba preparado para el revuelo que había causado.

Inspector Legrasse was not prepared for the excitement he created.

Bastó con ver el misterioso objeto una sola vez.

One sight of the mysterious object was all that was required.

Los científicos allí reunidos estaban llenos de curiosidad.

The assembled men of science were filled with curiosity.

No perdieron el tiempo y se agolparon alrededor del inspector.

They lost no time in crowding closely around the inspector.

Y todos intentaron ver lo mejor posible a la diminuta figura.

And they all tried to get the best look at the diminutive figure.

***

La antigüedad, verdaderamente abismal, inspiró una imaginación desbordante.

The genuinely abysmal antiquity inspired wild imagination.

Aquella extrañeza insinuaba con gran fuerza horizontes inexplorados y arcaicos.

The strangeness hinted so potently at unopened and archaic vistas.

Ninguna escuela de escultura reconocida había dado vida a este terrible objeto.

No recognized school of sculpture had animated this terrible object.

Sin embargo, parecía que siglos habían quedado grabados en la superficie tenue y verdosa.

Yet centuries seemed recorded in the dim and greenish surface.

Quizás miles de años se escondían en esta piedra indeterminada.

Perhaps thousands of years were hidden in this unplaceable stone.

Finalmente, la figurita pasó lentamente de hombre en hombre.

The figurine was finally passed slowly from man to man.

Cada científico estudió detenidamente las extrañas marcas de la piedra.

Each scientist carefully studied the strange markings of the stone.

La obra tenía entre siete y ocho pulgadas de altura.

The work was between seven and eight inches in height.

Y cabe destacar la exquisita mano de obra artística.

And the exquisite artistic workmanship must be noted.

Las tallas representaban un monstruo de contorno vagamente antropoide.

The carvings represented a monster of vaguely anthropoid outline.

En la superficie de la cabeza, parecida a la de un pulpo, había una maraña de tentáculos.

On the face of the octopus-esque head was a mass of feelers.

En sus patas traseras y delanteras sobresalían de su cuerpo unas garras prodigiosas.

Prodigious claws on hind and fore feet protruded from the body.

La corpulencia hinchada tenía una apariencia gomosa.

The bloated corpulence had a rubbery looking quality to it.

Y de detrás del cuerpo gomoso emergieron dos alas estrechas.

And from behind the rubbery body came out two narrow wings.

Sería instintivo pensar en esta cosa como algo temible.

It would be instinctual to think of this thing as fearsome.

Había una malignidad antinatural en el aura de la criatura.

There was an unnatural malignancy to the aura of the creature.

El gigantesco ser se agazapaba siniestramente sobre un bloque rectangular.

The gargantuan squatted evilly on a rectangular block.

El pedestal sobre el que se encontraba estaba cubierto de caracteres indescifrables.

The pedestal it was on was covered with undecipherable characters.

Las puntas de las alas tocaban el borde posterior del bloque.

The tips of the wings touched the back edge of the block.

La criatura estaba sentada en el centro del bloque gigante.

The creature was sitting on the middle of the giant block.

Sus patas estaban dobladas bajo su cuerpo monstruoso.

Its legs were doubled up under its monstrous body.

Las largas y curvas garras se aferraban al borde frontal del acantilado.

The long, curved claws gripped the front edge of the cliff.

La cabeza del cefalópodo estaba inclinada hacia adelante, observando su reino.

The cephalopod head was bent forward, observing its kingdom.

Las puntas de las antenas faciales rozaban el dorso de las enormes patas delanteras.

The ends of the facial feelers brushed the backs of huge forepaws.

Y las patas delanteras sujetaban las rodillas elevadas del animal agachado.

And the forepaws clasped the croucher's elevated knees.

La escena grotesca tenía un aspecto anormalmente realista.

The appearance of the grotesque scene was abnormally lifelike.

Pero esta cualidad tan realista no hizo sino añadir un motivo sutil para sentir más miedo.

But this lifelike quality only added a subtle reason to be more fearful.

Porque no sabíamos nada sobre la fuente de la representación.

Because we knew nothing about the source of the depiction.

La vasta, imponente e incalculable edad de la criatura era inconfundible.

The creature's vast, awesome, and incalculable age was unmistakable.

**Pero la representación no mostraba ni un solo vínculo con
ningún tipo de arte conocido.**

But not one link did the depiction show with any known type
of art.

**Ni siquiera las civilizaciones más antiguas hicieron
referencia a esta criatura.**

Not even the earliest civilizations made reference to this
creature.

**Pero ese no es el único punto en el que nuestro conocimiento
nos falló.**

But that is not the only point at which our knowledge failed
us.

***

**La mineralogía de la piedra también era un completo
misterio.**

The mineralogy of the stone was also a complete mystery.

**Pequeñas motas doradas salpicaban la piedra jabonosa de
color negro verdoso.**

Gold specks dotted the soapy, greenish-black stone.

A lo largo de la piedra se extendían estrías iridiscentes.

Iridescent striations ran along the length of the stone.

**En resumen, la piedra no se parecía a nada en términos
mineralógicos.**

In short, the stone resembled nothing within mineralogy.

Los geólogos tampoco habían podido identificar la piedra.

Geologists hadn't been able to identify the stone either.

**Los jeroglíficos grabados en la piedra eran igualmente
desconcertantes.**

The hieroglyphs along the stone were equally baffling.

**El sistema de escritura era terriblemente diferente al de otros
sistemas de escritura.**

The writing system was horribly different than other scripts.

**Estuvo presente una representación de la mitad de los
principales expertos del mundo.**

A representation of half the world's leading experts was present.

Pero no se pudo establecer ningún vínculo con ningún sistema de escritura conocido.

But no link to any known writing system could be established.

Todo sugería, de forma espantosa, un ciclo de vida antiguo e impío.

Everything frightfully suggested an old and unhallowed cycle of life.

Una historia en la que nuestro mundo y nuestras concepciones no tuvieron ningún papel.

A history in which our world and our conceptions played no part.

Los expertos negaron con la cabeza, admitiendo que habían sido derrotados.

The experts shook their heads, admitting they had been defeated.

Pero un experto no se rindió tan fácilmente.

But one expert did not give up quite so quickly.

Afirmaba tener un cierto grado de extraña familiaridad con el tema.

He claimed to have a touch of bizarre familiarity with the subject.

La forma monstruosa y la escritura no eran del todo nuevas para él.

The monstrous shape and writing weren't entirely new to him.

Con cierta timidez, habló de las pocas nimiedades que conocía.

With some diffidence he told of the odd trifle he knew.

Esta persona era el difunto William Channing Webb.

This person was the late William Channing Webb.

Fue profesor de antropología en la Universidad de Princeton.

He was professor of anthropology in Princeton University.

Y fue un explorador de gran importancia.

And he was an explorer of no small significance.

***

Hace cuarenta y ocho años estaba explorando Groenlandia e Islandia.
Forty-eight years ago he was exploring Greenland and Iceland.
Su grupo buscaba inscripciones rúnicas.
His group were in search of some Runic inscriptions.
Pero la expedición no logró desenterrar ninguna inscripción.
But the expedition failed to unearth any inscriptions.
Recorrieron a pie las alturas de las costas del oeste de Groenlandia.
They trekked the heights of West Greenland's coasts.
Allí se toparon con un extraño culto de esquimales degenerados.
Here they encountered a strange cult of degenerate Eskimos.
Su religión consistía en una forma de culto al diablo.
Their religion consisted of a form of devil-worship.
Y sus rituales eran deliberadamente sanguinarios y repulsivos.
And their rituals were deliberately bloodthirsty and repulsive.
Era una fe de la que otros esquimales sabían poco.
It was a faith of which other Eskimos knew little.
Los lugareños se estremecieron al oír mencionar sus prácticas.
Locals shuddered at the mention of their practices.
Dijeron que sus creencias provenían de épocas terriblemente antiguas.
They said their believes came from horribly ancient eons.
Una época anterior a la creación del mundo tal como lo conocemos hoy.
A time before the world as we know it now had ever been made.
Se practicaban sacrificios humanos y extraños rituales hereditarios.
There were human sacrifices and queer hereditary rituals.
Y toda su adoración estaba dirigida a un tornasuk supremo.

And all their worship was directed at a supreme tornasuk.

El profesor Webb había tomado una copia fonética de un anciano angekok.

Professor Webb had taken a phonetic copy from an aged angekok.

Había transcrito los cánticos del mago-sacerdote lo mejor que pudo.

He had transcribed the wizard-priest's chants as best he could.

Pero en ese momento estas transcripciones no eran de suma importancia.

But currently these transcriptions weren't of prime significance.

El culto tenía una piedra preciada a la que veneraban.

The cult had a cherished stone that they worshipped.

Bailaron con desenfreno cuando la aurora boreal saltó sobre los acantilados de hielo.

They danced wildly when the aurora leaped over the ice cliffs.

Y en medio de su danza estaba la extraña piedra.

And in the midst of their dance was the strange stone.

Según afirmó el profesor, se trataba de un bajorrelieve de piedra muy tosco.

It was, the professor stated, a very crude bas-relief of stone.

La piedra contenía una imagen espantosa y una inscripción críptica.

The stone comprised a hideous picture and some cryptic writing.

Y, por lo que pudo observar, esta piedra era un paralelismo aproximado.

And as far as he could tell this stone was a rough parallel.

La piedra tenía todas las características esenciales de las cosas bestiales.

The stone had all the same essential features of bestial things.

Los científicos recibieron estos datos con expectación y asombro.

The scientists received this data with suspense and astonishment.

Incluso el inspector Legrasse pronto se interesó por la mitología.

Even Inspector Legrasse had quickly gained an interest in mythology.

Y enseguida empezó a bombardear a su informante con preguntas.

And he began at once to ply his informant with questions.

Tenía apuntes sobre el ritual oral de los seguidores del culto en el pantano.

He had notes of the oral ritual of the cult-worshipers in the swamp.

Le rogó al profesor que recordara los cánticos de los esquimales diabolistas.

He besought the professor to remember the diabolist Eskimos' chants.

A continuación, se realizó una comparación exhaustiva de los detalles.

There then followed an exhaustive comparison of details.

Y a continuación se produjo un momento de silencio sobrecogedor.

And there then followed a moment of really awed silence.

Los magos esquimales y los sacerdotes de los pantanos de Luisiana eran mundos aparte.

The Eskimo wizards and the Louisiana swamp-priests were worlds apart.

Y, sin embargo, había una frase que ambos rituales infernales tenían en común.

And yet there was a phrase the two hellish rituals had in common.

"Ph'nglui mglw'nafh Cthulhu R'lyeh wgah'nagl fhtagn."

"Ph'nglui mglw'nafh Cthulhu R'lyeh wgah'nagl fhtagn."

***

Legrasse tenía una ventaja sobre el profesor Webb.

Legrasse had one advantage over Professor Webb.

Había hablado con varios de sus prisioneros mestizos.

He had spoken to several of his mongrel prisoners.
Algunos de ellos habían transmitido el significado de la frase.
Some of them had passed on the phrase's meaning.
"En su casa de R'lyeh, el muerto Cthulhu espera soñando."
"In his house at R'lyeh dead Cthulhu waits dreaming."
Así pues, la atención volvió a centrarse en el inspector Legrasse.
So the attention turned back to Inspector Legrasse.
Y le hicieron muchas preguntas inconexas.
And he was probed with many disconnected questions.
Describió con detalle su experiencia con los fieles del pantano.
He detailed his experience with the worshipers from the swamp.
Mi tío le daba un significado profundo a la historia.
My uncle attached profound significance to the story.
El informe desprendía los sueños más descabellados de los creadores de mitos.
The report savored of the wildest dreams of myth-makers.
Ni los teósofos podrían haber aportado más imaginación.
Theosophists could not have provided more imagination.
Pero las filosofías surgieron de fuentes inesperadas.
But the philosophies came from unexpected sources.
Los mestizos y los parias contaban estas historias fantásticas.
Half-castes and pariahs told these fantastical stories.
El 1 de noviembre de 1907, se desencadenó su cadena de acontecimientos.
On November 1st, 1907, his chain of events unfolded.
La policía de Nueva Orleans recibió llamadas desesperadas.
The New Orleans police received desperate calls.
Fueron llamados a la región de pantanos y lagunas del sur.
They were called to the swamp and lagoon country to the south.
Los colonos de allí eran en su mayoría primitivos, pero de buen carácter.
The settlers there were mostly primitive, but good-natured.

La mayoría de los habitantes de las zonas pantanosas eran descendientes de los hombres de Lafitte.

Most living by the swamp were descendants of Lafitte's men.

Pero ahora estaban dominados por un terror absoluto.

But now they were in the grip of stark terror.

Algo desconocido se les había acercado sigilosamente durante la noche.

An unknown thing had stolen upon them in the night.

Al parecer, fue el vudú lo que provocó el disturbio.

It was voodoo, apparently, that caused the disturbance.

Pero era un vudú diferente a las otras formas de vudú.

But it was a voodoo unlike the other forms of voodoo.

Un vudú mucho más terrible del que jamás habían conocido.

Voodoo of a more terrible sort than they had ever known.

Algunas de sus mujeres y niños habían desaparecido.

Some of their women and children had disappeared.

Un tamborileo malévolo había comenzado su incesante redoble.

A malevolent drumming had begun its incessant beating.

Muy adentro, en lo profundo de esos bosques oscuros, negros y embrujados.

Far and deep within those dark, black haunted woods.

Allí, donde ningún habitante se atrevía a acercarse.

There, where no dweller dared to ventured close to.

Se oían gritos desquiciados y alaridos desgarradores.

There were insane shouts and harrowing screams.

Cánticos escalofriantes y llamas diabólicas danzantes.

Soul-chilling chants and dancing devil-flames.

El mensajero y su gente no pudieron soportarlo más.

The messenger and his people could stand it no more.

Un contingente de veinte policías partió a última hora de la tarde.

A body of twenty police set out in the late afternoon.

Y un colono tembloroso los acompañó como guía.

And a shivering settler came with them as a guide.

***

Al final del camino transitable, descendieron del vehículo.
At the end of the passable road they alighted.
Durante kilómetros y kilómetros chapotearon en silencio.
For miles and miles they splashed on in silence.
Y siguieron su camino a través del terrible bosque de cipreses.
And they went on through the terrible cypress woods.
Bosque oscuro, muy oscuro, en el que el día casi nunca llegaba.
Dark, dark woods in which day but almost never came.
Las raíces feas les tienden trampas en el suelo húmedo.
Ugly roots set traps for them in the wet ground.
Las acosaban unas malignas sogas colgantes hechas de musgo español.
Malignant hanging nooses of Spanish moss beset them.
A lo lejos, el asentamiento comenzó a divisarse lentamente.
In the distance the settlement slowly came into sight.
Los habitantes, presas del pánico, salieron corriendo de las miserables chozas.
Hysterical dwellers ran out of the miserable huts.
Se agruparon alrededor del grupo de linternas que se balanceaban.
They clustered around the group of bobbing lanterns.
Muy, muy lejos se podía oír la causa de todo el miedo.
Far, far ahead the cause of all the fear could be heard.
El sordo redoble de los tambores ahora era apenas audible.
The muffled beat of drums was now faintly audible.
Por momentos, el viento cambiaba de dirección y dejaba ver sonidos diferentes.
At times the wind shifted and revealed different sounds.
Se oían chillidos espeluznantes a intervalos irregulares.
Curdling shrieks were audible at infrequent intervals.
Un resplandor rojizo parecía filtrarse a través de la maleza.
A reddish glare seemed to filter through the undergrowth.
Los colonos se resistían a volver a quedarse solos.
The settlers were reluctant to be left alone again.

Pero se negaron rotundamente a seguir adelante.
But they point blank refused to move forwards either.
Así pues, el inspector y sus colegas siguieron adelante sin guía.
So the inspector and his colleagues plunged on unguided.
Y entraron en los oscuros salones del horror.
And they went into the black arcades of horror.
La región tenía una reputación tradicionalmente malvada.
The region was one of traditionally evil repute.
Esas tierras eran prácticamente desconocidas para los hombres blancos.
The lands were substantially unknown by white men.
No muchos exploradores habían recorrido esas regiones todavía.
Not many explorers had traversed those regions yet.
También existían leyendas sobre un lago escondido.
There were also legends of a hidden away lake.
Una masa de agua aún invisible para la vista mortal.
A body of water still unglimpsed by mortal sight.
Se decía que en el lago habitaba una extraña criatura.
In the lake it was said there dwelt a strange creature.
Una enorme criatura polipoidea blanca e informe con un ojo luminoso.
A huge, formless white polypous thing with luminous eye.
Y los colonos susurraban sobre demonios con alas de murciélago.
And settlers whispered about bat-winged devils.
Salieron volando de cavernas en las profundidades de la tierra.
They flew up out of caverns from the inner earth.
Y juntos, los demonios lo adoran a medianoche.
And together the demons worship it at midnight.
Dijeron que ya estaba allí antes que D'Iberville.
They said it had been there before D'Iberville.
Dijeron que ya estaba allí antes de La Salle.
They said it had been there before La Salle too.
Dijeron que estaba allí antes que los nativos americanos.

They said it was there before the Native Americans.
Quizás incluso estaba allí antes que las bestias inofensivas.
Perhaps it was even there before the wholesome beasts.
Era una pesadilla en sí misma la que hacía soñar a los hombres.
It was a nightmare itself that made men dream.
Y ver aquello era lo mismo que morir.
And to see the thing was the same as death.
Así que tuvieron tiempo suficiente para saber que debían mantenerse alejados.
And so they had enough warning to know to keep away.
Porque, en efecto, estaba donde les habían advertido.
Because it was indeed where they were warned it was.
La orgía vudú tuvo lugar en los límites de esta zona aborrecida.
The voodoo orgy was on the fringe of this abhorred area.
Pero la ubicación ya era bastante mala de por sí.
But the location was already bad enough by itself.
Las prácticas de vudú no hicieron sino aumentar el horror.
The voodoo activities only added to the horror.
Quizás la poesía podría hacer justicia a los ruidos escuchados.
Perhaps poetry could do justice to the noises heard.
De lo contrario, solo la locura ayudaría a comprender.
Otherwise only madness would help one understand.
Pero Legrasse siguió adelante a través del oscuro fango.
But Legrasse's plowed on through the black morass.
El sonido de los tambores amortiguados se fue cristalizando lentamente.
The sound of the muffled drumming slowly crystalized.
Y continuaron avanzando sin cesar hacia el resplandor rojo.
And they continued steadily towards the red glare.

***

Existen cualidades vocales específicas de los hombres.
There are vocal qualities specific to men.

Y existen cualidades vocales específicas de las bestias.

And there are vocal qualities specific to beasts.

Es terrible cuando uno imita los sonidos del otro.

It is terrible when one makes the sounds of the other.

La furia animal los liberó de sus ataduras humanas.

Animal fury freed them of their human restraint.

La licencia orgiástica los llevó a alturas demoníacas.

Orgiastic license whipped them into demoniac heights.

Aullidos que desgarraban aquellos bosques perpetuamente oscuros.

Howls that tore through those perpetually dark woods.

Éxtasis estridentes que resonaban en la mente de todos.

Squawking ecstasies that echoed in everyone's mind.

Suena como tempestades pestilentes provenientes de los abismos del infierno.

Sounds like pestilential tempests from the gulfs of hell.

De vez en cuando, los ululatos menos organizados cesaban.

Now and then the less organized ululations would cease.

Un coro de voces roncas y bien ensayadas se alzó en un canto monótono.

A well-drilled chorus of hoarse voices rose in singsong.

Y recitaron esa horrible frase de su ritual.

And they chanted that hideous phrase of their ritual.

"Ph'nglui mglw'nafh Cthulhu R'lyeh wgah'nagl fhtagn"

"Ph'nglui mglw'nafh Cthulhu R'lyeh wgah'nagl fhtagn"

Entonces los hombres llegaron a un lugar donde los árboles eran más escasos.

Then the men reached a spot where the trees were sparser.

De repente, se encuentran ante el espectáculo en sí.

Suddenly they come in sight of the spectacle itself.

Cuatro de ellos quedaron conmocionados por las cosas horribles que vieron.

Four of them reeled from the horrible things they saw.

Un hombre se desmayó y otros dos, sacudidos, comenzaron a gritar desesperadamente.

One man fainted, and two were shaken into a frantic cry.

Por suerte, sus gritos no fueron escuchados por nadie más.

Fortunately their screams were not heard by other ears.

La cacofonía enloquecedora de la orgía ahogó sus gritos.

The mad cacophony of the orgy deadened their screams.

Legrasse salpicó con agua del pantano al hombre que se estaba desmayando.

Legrasse splashed swamp water on the fainting man.

Se pusieron de pie de nuevo, pero casi hipnotizados por el horror.

They stood up again, but nearly hypnotized with horror.

En un claro natural del pantano se alzaba una isla cubierta de hierba.

In a natural glade of the swamp stood a grassy island.

La isla cubierta de hierba se extendía quizás por una hectárea.

The grassy island extended perhaps for an acre.

Además, la zona estaba despejada de árboles y era bastante seca.

And the area was clear of trees and tolerably dry.

Una horda de seres anormales saltaba y se retorcía.

A horde of human abnormality leaped and twisted.

Ningún Sime podría pintar lo que aquellos hombres veían.

No Sime could paint what the men were seeing.

Ningún Angarola ha pintado jamás una escena tan indescriptible.

No Angarola has ever painted such an indescribable scene.

La cría híbrida creó una monstruosa hoguera en forma de anillo.

The hybrid spawn made a monstrous ring-shaped bonfire.

Rebuznaban, bramaban y se retorcían desnudos.

They brayed bellowed and writhed about in their nudity.

Ocasionalmente, se abrían grietas en la cortina de llamas.

Occasionally there were rifts in the curtain of flame.

Y allí se reveló el objeto de su culto.

And there the object of their worship revealed itself.

En medio del fuego se alzaba un gran monolito de granito.

In the midst of the fire stood a great granite monolith.

La estructura de piedra tenía apenas unos ocho pies de altura.

The stone structure was only about eight feet in height.

Y la nociva estatuilla tallada descansaba sobre el monolito.

And the noxious carven statuette rested on the monolith.

El ocioso resultaba casi incongruente por su pequeñez.

The idle was almost incongruous in its diminutiveness.

Se habían erigido andamios alrededor del incendio, espaciados uniformemente.

Spaced evenly, scaffolds had been erected around the fire.

Del andamio colgaban varios cuerpos mutilados.

From the scaffolding hung a number of marred bodies.

Los cuerpos de aquellos que habían desaparecido en las cercanías.

The bodies of those that had disappeared from nearby.

Dentro de este círculo se encontraba el grupo de fieles.

It was inside this circle the ring of worshipers were.

Y rugieron y saltaron en un trance frenético.

And they roared and jumped in the frantic trance.

La dirección general del movimiento era en sentido contrario a las agujas del reloj.

The general direction of the motion was anti-clockwise.

El círculo de cuerpos que rodea el anillo de fuego.

The ring of bodies circling around the ring of fire.

Un hombre recordó otros detalles aún más preocupantes.

One man recollected other details even more concerning.

Pero quizás los ecos le indujeron a escuchar otras cosas.

But perhaps the echoes induced him to hear other things.

Le pareció oír respuestas antifonales al ritual.

He fancied he heard antiphonal responses to the ritual.

Ruidos provenientes de un lugar oscuro en lo profundo del bosque.

Noises from an unillumined spot deeper within the woods.

Posteriormente conocí a este hombre, Joseph D. Galvez, y lo interrogué.

This man, Joseph D. Galvez, I later met and questioned.

Y demostró tener una imaginación desbordante, capaz de distraer de verdad.

And he proved to indeed be distractingly imaginative.

Incluso insinuó el débil batir de grandes alas.

He even hinted at the faint beating of great wings.

Y sugirió que se vislumbraban unos ojos brillantes.

And he suggested there was a glimpse of shining eyes.

Y más allá de los árboles, una enorme masa blanca y montañosa de algo.

And beyond the trees, a mountainous white bulk of something.

Supongo que había escuchado demasiadas supersticiones locales.

I suppose he had heard too much native superstition.

Pero en realidad, la pausa de horror fue relativamente breve.

But actually the horrified pause was relatively brief.

El deber era lo primero, y habían venido a hacer un trabajo.

Duty came first, and they had come to do a job.

***

Debió haber cerca de un centenar de mestizos celebrando.

There must have been nearly a hundred mongrel celebrants.

Pero la policía pudo confiar en sus armas de fuego.

But the police were able to rely on their firearms.

Y se lanzaron con determinación a la nauseabunda derrota.

And they plunged determinedly into the nauseous rout.

Durante cinco minutos, el estruendo caótico fue indescriptible.

For five minutes the chaotic din was beyond description.

Se produjeron golpes violentos y disparos.

Wild blows were struck and shots were fired.

Algunos escaparon del arresto huyendo en la oscuridad.

Some escaped arrest by running into the darkness.

Tenían un mejor conocimiento de la distribución del pantano.

They had a better knowledge of the layout of the swamp.

Pero Legrasse y sus hombres capturaron a cerca de la mitad de ellos.

But Legrasse and his men caught around half of them.

Y contaron alrededor de cuarenta y siete prisioneros con semblante hosco.

And they counted around forty-seven sullen prisoners.

Se vieron obligados a vestirse de nuevo.

They were forced to put on their clothes again.

Y se pusieron en fila entre dos filas de policías.

And they fell into line between two rows of policemen.

Cinco de los fieles yacían muertos junto al fuego.

Five of the worshipers lay dead by the fire.

Dos prisioneros gravemente heridos fueron evacuados.

Two severely wounded prisoners were carried away.

Por supuesto, la imagen del monolito fue retirada.

Of course the image on the monolith was removed.

El propio Legrasse llevó las pruebas a la comisaría.

Legrasse himself took the evidence to the police station.

El viaje de regreso al cuartel general fue sumamente tenso.

The trip back to the headquarters was of intense strain.

Los hombres fueron examinados al regresar a la civilización.

The men were examined when they got back to civilization.

Todos los prisioneros resultaron ser hombres de muy baja estirpe.

The prisoners all proved to be men of a very low type.

Todos eran mestizos y padecían trastornos mentales.

They were all mixed-blooded, and mentally aberrant.

La mayoría eran marineros de oficio, o profesiones similares.

Most were seamen by trade, or some similar professions.

Entre ellos había personas negras y mulatas.

Negroes and mulattoes were sprinkled among them.

Pero la mayoría parecían ser antillanos o portugueses de Brava.

But most seemed to be West Indians or Brava Portuguese.

Procedían principalmente de las islas de Cabo Verde.

They primarily came from the Cape Verde Islands.

Le dieron a ese culto heterogéneo un tinte de vudú.

They gave the heterogeneous cult a coloring of voodooism.

Pero ni siquiera hacía falta hacer demasiadas preguntas.

But there wasn't even a need to ask too many questions.

La conclusión se hizo evidente rápidamente por sí misma.

The conclusion quickly became manifest by itself.

Había algo mucho más profundo que el fetichismo por las personas negras.

Something far deeper than negro fetishism was involved.

Aunque ignorantes, su relato era coherente.

Although ignorant, but their story was consistent.

Todas las criaturas hablaban de la misma idea central.

The creatures all spoke of the same central idea.

Sin duda, todos compartían la misma fe detestable.

They certainly all shared the same loathsome faith.

Según decían, veneraban a los grandes antiguos.

They worshiped, so they said, the great old ones.

Los grandes seres antiguos vivieron mucho antes de que existieran los hombres.

The great old ones lived long before there were any men.

Y vinieron al joven mundo desde el cielo.

And they came to the young world out of the sky.

Esos viejos ya no estaban, explicaron.

Those old ones were now gone, they explained.

Ahora se encontraban dentro de la tierra y bajo el mar.

They were now inside the earth and under the sea.

Pero sus cadáveres encontraron la manera de revelar sus secretos.

But their dead bodies found ways to tell their secrets.

Susurraron en los sueños de los primeros hombres.

They whispered into the dreams of the first men.

Y los primeros hombres formaron un culto que nunca ha muerto.

And the first men formed a cult which has never died.

***

El culto siempre había existido y siempre existiría.

The cult had always existed, and always would exist.

Sus seguidores se escondían en páramos de todo el mundo.

Their followers were hidden in wastes all over the world.

Sus seguidores se encontraban en lugares oscuros que los exploradores habían pasado por alto.

Their followers were in dark places explorers overlooked.

Y permanecerían ocultos hasta que fueran llamados.

And they would remain hidden until they were called.

Cuando el gran sacerdote Cthulhu resurja a la superficie.

When the great priest Cthulhu rises again to the surface.

Cuando Cthulhu vuelva a someter la tierra a su dominio.

When Cthulhu brings the earth again beneath his sway.

Cuando Cthulhu abandona su oscura morada en la poderosa ciudad de R'lyeh.

When Cthulhu leaves from his dark house in the mighty city of R'lyeh.

Algún día llamaría, cuando las estrellas estuvieran listas.

Some day he was going call, when the stars were ready.

Y la secta secreta siempre estará esperando para liberarlo.

And the secret cult will always be waiting to liberate him.

Mientras tanto, no es necesario contar más de su historia.

Meanwhile, no more of his story must be told.

Había un secreto que ni siquiera la tortura pudo arrancar.

There was a secret even torture could not extract.

La humanidad no era la única criatura consciente de la Tierra.

Mankind was not alone among the conscious things of earth.

Porque unas figuras emergieron de la oscuridad para visitar a los pocos fieles.

Because shapes came out of the dark to visit the faithful few.

Pero estos no eran los grandes antiguos.

But these were not the great old ones.

Ningún hombre había visto jamás a los grandes antiguos.

No man had ever seen the great old ones.

La estatua tallada representaba al gran Cthulhu.

The carven idol was of great Cthulhu.

Nadie podía decir si los demás eran como él.

None could say whether the others were like him.
Ya nadie podía leer la letra antigua.
No one could read the old writing now.
En cambio, las cosas se contaban de boca en boca.
Instead, things were told by word of mouth.
El ritual recitado no era el secreto.
The chanted ritual was not the secret.
El secreto nunca se reveló en voz alta, solo se susurró.
The secret was never spoken aloud, only whispered.
El cántico significaba una sola cosa:
The chant meant one thing, and one thing alone:
"En su casa de R'lyeh, el muerto Cthulhu espera soñando."
"In his house at R'lyeh dead Cthulhu waits dreaming."
Solo dos de los prisioneros fueron declarados lo suficientemente cuerdos como para ser ahorcados.
Only two of the prisoners were found sane enough to be hanged.
El resto estaban adscritos a diversas instituciones.
The rest of them were committed to various institutions.
Todos negaron haber participado en los asesinatos rituales.
All denied to have taken any part in the ritual murders.
Dijeron que el asesinato había sido cometido por otra cosa.
They said the killing had been done by something else.
"Los de alas negras", insistieron cada uno por separado.
"The black-winged ones," they each insisted, separately.
Habían venido a ellos desde su lugar de encuentro inmemorial.
They had come to them from their immemorial meeting-place.
Habían surgido de los bosques encantados.
They had arisen out from the haunted woodlands.
Pero las historias sobre aliados misteriosos eran inconsistentes.
But the stories of mysterious allies were inconsistent.

***

La información que la policía logró obtener provino principalmente de un solo hombre.

What the police did extract came mainly from one man.

Un mestizo de edad muy avanzada llamado Castro.

An immensely aged mestizo named Castro.

Afirmaba haber navegado a puertos extraños.

He claimed to have sailed to strange ports.

Y dijo que había estado en las montañas de China.

And he said he had been to the mountains of China.

Allí conversó con los líderes inmortales del culto.

There he talked with undying leaders of the cult.

El viejo Castro recordaba fragmentos de una leyenda espantosa.

Old Castro remembered bits of hideous legend.

Sus leyendas palidecían ante las especulaciones de los teósofos.

His legends paled the speculations of theosophists.

Sus historias hacían que el hombre pareciera una creación reciente.

His stories made man seem like a recent creation.

Incluso el mundo era transitorio en su relato de las cosas.

Even the world was transient in his account of things.

Hubo eones en los que otras Cosas gobernaron la tierra.

There had been eons when other Things ruled on the earth.

Y habían tenido grandes ciudades aquí en la tierra.

And they had had great cities here on the earth.

Los inmortales chinos le revelaron secretos bien guardados.

The deathless Chinamen told him reserved secrets.

Le había dicho que aún se podían encontrar sus ruinas.

He had told him their ruins could still be found.

Todavía se podían encontrar piedras ciclópeas en islas del Pacífico.

There were still Cyclopean stones on islands in the Pacific.

Todos ellos murieron hace incontables épocas, mucho antes de la llegada del hombre.

They all died vast epochs of time before man came.

Pero existían conocimientos y prácticas en las artes antiguas.

But there were knowledges and practices in ancients arts.
Rituales especiales que podrían revivirlos con el tiempo.
Special rituals which could revive them again, in time.
En el ciclo de la eternidad, su regreso era inevitable.
In the cycle of eternity their return was inevitable.
Cuando las estrellas vuelvan a estar en las posiciones correctas.
When the stars come round again to the right positions
En efecto, ellos mismos provenían de las estrellas.
They had, indeed themselves come from the stars.
"Estos grandes ancianos", continuó Castro.
"These great old ones," Castro continued.
No estaban compuestos enteramente de carne y hueso.
They were not composed entirely of flesh and blood.
"Tenían forma", insistió Castro con seguridad.
They had shape," Castro insisted, confidently.
Y tenía extrañas pruebas de lo que creía.
And he had strange proof for what he believed.
Pero la forma que adoptaron no estaba hecha de materia.
But the shape they took on was not made of matter.
Cuando las estrellas estaban en sus posiciones correctas.
When the stars were in their right positions.
Entonces podrían pasar de un mundo a otro.
Then they could plunge from one world to another.
Porque pueden desplazarse por el cielo.
Because they can move themselves through the sky.
Pero cuando las estrellas se equivocan, no pueden vivir.
But when the stars were wrong, they cannot live.
Y es cierto que ya no viven como nosotros.
And it is true that they no longer live like we do.
Pero a pesar de eso, en realidad nunca mueren.
But despite that, they never really die either.
Descansan en casas de piedra en su gran ciudad de R'lyeh.
They rest in stone houses in their great city of R'lyeh.
Son preservados por los hechizos del poderoso Cthulhu.
They are preserved by the spells of mighty Cthulhu.
Así que ahí yacen, ajenos al paso del tiempo.

So there they lie, unaffected by the passing of time.
Y esperan otra gloriosa resurrección.
And they wait for another glorious resurrection.
Cuando las estrellas y la tierra estén listas para recibirlas de nuevo.
When the stars and earth are ready for them again.
Pero aún dependen de una fuerza externa.
But they are still dependent on an outside force.
Una fuerza externa sirvió para liberar sus cuerpos.
A force from outside served to liberate their bodies.
Los hechizos los preservaron y los mantuvieron intactos.
The spells preserved them and kept them intact.
Pero los hechizos también les impedían liberarse.
But the spells also kept them from breaking free.
Así que solo les quedaba permanecer despiertos en la oscuridad y pensar.
So they could only lie awake in the dark and think.

***

Mientras tanto, transcurrieron incontables millones de años.
In the meantime uncounted millions of years rolled by.
Sabían todo lo que ocurría en el universo.
They knew all that was occurring in the universe.
Porque su forma de hablar era el pensamiento transmitido.
Because their mode of speech was transmitted thought.
Incluso ahora seguían hablando en sus tumbas.
Even now they were talking in their tombs.
Entonces, tras infinitos periodos de caos, llegaron los primeros hombres.
Then, after infinities of chaos, the first men came.
Los grandes ancianos hablaron a los más sensibles entre ellos.
The great old ones spoke to the sensitive among them.
Les hablaron moldeando sus sueños.
They spoke to them by molding their dreams.

Solo así su lenguaje podía llegar a las mentes carnales de los mamíferos.

Only that way could their language reach the fleshly minds of mammals.

Entonces, susurró Castro, esos primeros hombres formaron el culto.

Then, whispered Castro, those first men formed the cult.

Se organizaron en torno a pequeños ídolos.

They organized themselves around small idols.

Los pequeños ídolos que los grandes les habían mostrado.

The small idols which the great ones had shown them.

Ídolos traídos de épocas oscuras, de estrellas sombrías.

Idols brought from dim eras from dark stars.

Ese culto nunca moriría hasta que las estrellas volvieran a alinearse.

That cult would never die till the stars came right again.

Los sacerdotes secretos iban a sacar al gran Cthulhu de su tumba.

The secret priests were going to take great Cthulhu from His tomb.

Y tenían previsto reanimar a sus súbditos.

And they were going to revive His subjects.

Y entonces Cthulhu iba a reanudar su dominio sobre la Tierra.

And then Cthulhu was going to resume His rule of earth.

El momento oportuno se revelaría con toda claridad.

The right time was going to reveal itself quite clearly.

En ese momento, la humanidad será como los grandes antiguos.

At that time mankind will have become as the great old ones.

Serán libres y salvajes, más allá del bien y del mal.

They will be free and wild and beyond good and evil.

Las leyes y la moral van a quedar relegadas a un segundo plano.

Laws and morals are going to be thrown aside.

Todos los hombres gritarán, matarán y se regocijarán en la alegría.

All men will be shouting and killing and reveling in joy.

Entonces, los ancianos liberados les enseñarán las nuevas costumbres.

Then the liberated old ones will teach them the new ways.

Nuevas formas de gritar, matar, regocijarse y disfrutar.

New ways to shout and kill and revel and enjoy.

Y toda la tierra arderá en un holocausto de éxtasis y libertad.

And all the earth will flame with a holocaust of ecstasy and freedom.

Mientras tanto, el culto debía practicar los ritos apropiados.

Meanwhile the cult had to practice the appropriate rites.

Tenían que mantener viva la memoria de aquellas antiguas costumbres.

They had to keep alive the memory of those ancient ways.

Y tuvieron que prefigurar la profecía de su regreso.

And they had to shadow forth the prophecy of their return.

En tiempos remotos, los hombres elegidos hablaban con los Antiguos sepultados.

In the elder time chosen men spoke with the entombed Old Ones.

Los Antiguos sepultados les hablaban en sueños.

The entombed Old Ones spoke to them in their dreams.

Pero entonces algo perturbó su forma de comunicarse.

But then something disturbed their means of communication.

La gran piedra de la ciudad de R'lyeh se había hundido bajo las olas.

The great stone in the city R'lyeh had sunk beneath the waves.

Y los monolitos y sepulcros estaban bajo las aguas.

And the monoliths and sepulchers were beneath the waters.

Aguas profundas repletas del misterio primordial.

Deep waters full of the one primal mystery.

Aguas por las que ni siquiera el pensamiento puede pasar.

Waters through which not even thought can pass.

Agua que cortó su comunicación espectral.

Water that cut off their spectral communication.

Pero el recuerdo de los ritos y rituales nunca murió.

But the memory of the rites and rituals never died.

Y los sumos sacerdotes dijeron que la ciudad resurgiría.
And high priests said that the city would rise again.
Cuando las estrellas se alinearan, Cthulhu iba a regresar.
When the stars were right Cthulhu was going to return.
Los espíritus negros y mohosos de la tierra volverán a salir.
The moldy black spirits of the earth will come out again.
Espíritus oscuros y sombríos, llenos de rumores vagos.
Shadowy black spirits full of dim rumors.

***

**Los espíritus se acumulaban en cavernas bajo fondos
marinos olvidados.**
The spirits collected in caverns beneath forgotten sea-bottoms.
**Pero de esos espíritus el viejo Castro no se atrevía a hablar
mucho.**
But of those spirits old Castro dared not speak much.
Y rápidamente cambió de tema.
And he hurriedly cut himself off from the topic.
**Ninguna cantidad de persuasión podría lograr que se
inclinaran más en esa dirección.**
No amount of persuasion could elicit more in this direction.
**Ninguna sutileza pudo convencerlo de hablar de esos
espíritus.**
No subtlety could convince him to speak of those spirits.
**Curiosamente, también se negó a mencionar el tamaño de
los más antiguos.**
The size of the old ones, too, he curiously declined to mention.
Y del culto también habló muy poco.
And of the cult he spoke very little too.
**Creía que el centro se encontraba en medio de los desiertos
inhóspitos de Arabia.**
He thought the center lay amid the pathless deserts of Arabia.
**Allí, en Irem, la Ciudad de los Pilares, sueños ocultos e
intactos.**
There in Irem, the City of Pillars, dreams hidden and
untouched.

Este culto no estaba aliado con el culto europeo a las brujas.

This cult was not allied to the European witch-cult.

Y la secta era prácticamente desconocida fuera de sus miembros.

And the cult was virtually unknown beyond its members.

Ningún libro había dado jamás ninguna pista sobre su conocimiento.

No book had ever really hinted of their knowledge.

Aunque los inmortales chinos dijeron que el loco árabe Abdul Alhazred estuvo cerca.

Though the deathless Chinamen said the mad Arab Abdul Alhazred came close.

Dijo que su Necronomicón contenía dobles sentidos.

He said that there were double meanings in his Necronomicon.

Los iniciados eran libres de leerlo si querían.

The initiated were free to read it if they wanted to.

Y deberían prestar atención a un pareado en particular.

And they should pay attention to one couplet in particular.

"Lo que no está muerto puede dormir por la eternidad."

"That which is not dead can sleep for eternity,"

"Y con extraños eones, incluso la muerte puede morir."

"And with strange eons even death may die."

Legrasse quedó profundamente impresionado por lo que escuchó.

Legrasse had been deeply impressed by what he heard.

Y la historia lo dejó bastante desconcertado.

And he was not a little bewildered by the tale.

Preguntó en vano sobre las afiliaciones históricas de la secta.

He inquired in vain about the historic affiliations of the cult.

Al parecer, Castro había dicho la verdad sobre el juramento de secreto.

Castro, apparently, had told the truth about the oath of secrecy.

Las autoridades de la Universidad de Tulane tampoco pudieron ofrecer mucha ayuda.

The authorities at Tulane University could not offer much help either.

No pudieron arrojar luz ni sobre el culto ni sobre la imagen.
The were not able to shed no light upon neither cult, nor the image.

Y ahora el detective había acudido a las más altas autoridades del país.
And now the detective had come to the highest authorities in the country.

Y escuchó nada menos que la historia del profesor Webb en Groenlandia.
And he heard none other than Professor Webb' tale in Greenland.

***

El relato de Legrasse despertó un interés ferviente en la reunión.
Legrasse's tale aroused feverish interest at the meeting.

La historia no solo fue significativa por sus implicaciones.
The story was not only significant in its implications.

Pero la historia también fue corroborada por la estatuilla.
But the story was also corroborated by the statuette.

El entusiasmo se reflejó en la correspondencia posterior.
The excitement echoed in the subsequent correspondence.

Los asistentes mantuvieron un contacto estrecho entre sí.
Those who attended stayed in close contact with each other.

Aunque apenas se menciona en las publicaciones formales.
Although scant mention occurs in the formal publications.

La cautela es la primera precaución de quienes están acostumbrados a la charlatanería.
Caution is the first care of those accustomed to charlatanry.

Se evita la entrada de impostores en la medida de lo posible.
Impostures are kept out as much as it is possible.

Durante un tiempo, Legrasse prestó la imagen al profesor Webb.
Legrasse for some time lent the image to Professor Webb.

Pero a la muerte de este último, la imagen le fue devuelta.

But at the latter's death the image was returned to him.

Y la imagen permanece en posesión de Legrasse.

And the image remains in Legrasse's possession.

Aquí es donde vi la terrible imagen no hace mucho.

This is where I viewed the terrible image not long ago.

La imagen guarda un parecido inconfundible con la escultura onírica de Wilcox.

The image is unmistakably akin to Wilcox' dream-sculpture.

No me extraña que mi tío estuviera tan entusiasmado con su relato.

It was no wonder my uncle was so excited by his tale.

Y no me sorprende que haya hecho los esfuerzos que hizo.

And I'm not surprised he made the efforts he made.

Había oído todo lo que Legrasse sabía sobre la secta.

He had heard everything Legrasse knew of the cult.

Y los extraños sueños sectarios de un joven sensible.

And the strange cultish dreams of a sensitive young man.

El bajorrelieve es igual que el del pantano.

The bas-relief just like the one from the swamp.

La adición de la tablilla del diablo en Groenlandia.

The addition of the devil tablet in Greenland.

Se utilizaron exactamente las mismas palabras en tres ocasiones muy diferentes.

The exact same words used in three remote occurrences.

Los diabolistas esquimales, los mestizos de Luisiana y luego Wilcox.

The Eskimo diabolists, the mongrels in Louisiana, and then Wilcox.

¿A qué otra conclusión se podría haber llegado?

What other conclusion could one possibly have come to?

Es lógico que el profesor Angel llegara a esta conclusión.

It's only natural Professor Angel pursued this conclusion.

Y no esperaba que fuera menos minucioso.

And I wouldn't have expected him to be less thorough.

Mi tío abuelo era un hombre de principios y gran rigor académico.

My great-uncle was a man of principled academic rigor.
Aunque en privado también tenía otras teorías plausibles.
Though privately I also had other plausible theories.
Sospechaba que el joven Wilcox había oído hablar de la secta.
I suspected young Wilcox of having heard of the cult.
Quizás había oído hablar de la secta de alguna manera indirecta.
Maybe he had heard of the cult in some indirect way.
Podría haber inventado fácilmente una serie de sueños.
He could easily have invented a series of dreams.
De esa forma podría intensificar y prolongar el misterio.
That way he could heighten and continue the mystery.
Los relatos oníricos y los recortes recopilados, por supuesto, corroboraron la información.
The dream-narratives and cuttings collected did of course corroborate.
Pero el racionalismo de mi mente aún no estaba satisfecho.
But the rationalism of my mind had not yet been satisfied.
Las coincidencias también pueden crear ilusiones muy creíbles.
Coincidences can form highly believable illusions too.
Y debemos tener en cuenta la extravagancia de todo el asunto.
And we have to bear in mind the extravagance of the whole subject.
Así pues, me vi obligado a adoptar las conclusiones que consideraba más sensatas.
So I was led to adopt what I thought the most sensible conclusions.
Estudié el manuscrito minuciosamente desde el principio.
I thoroughly studied the manuscript from the beginning.
Y correlacioné las notas teosóficas y antropológicas.
And I correlated the theosophical and anthropological notes.
Comparé la literatura con la narrativa de culto de Legrasse.
I compared the literature with the cult narrative of Legrasse.
Hice un viaje a Providence para ver al escultor.

I made a trip to Providence to see the sculptor.

Y tenía la intención de reprenderlo como me parecía apropiado.

And I intended to give him the rebuke I thought proper.

Sentí que debía haber consecuencias por la broma que había hecho.

There must be consequences, I felt, for the trick he played.

Se había impuesto descaradamente sobre un hombre anciano y culto.

He had boldly imposed himself upon a learned and aged man.

***

Wilcox seguía viviendo solo en el lugar donde mi tío lo había conocido.

Wilcox still lived alone where my uncle had met him.

En el edificio Fleur-de-Lys, en la calle Thomas.

In the Fleur-de-Lys Building in Thomas Street.

Una horrible imitación victoriana de la arquitectura bretona del siglo XVII.

A hideous Victorian imitation of Seventeenth Century Breton architecture.

El edificio exhibía su fachada estucada en medio de su entorno.

The building flaunted its stuccoed front amidst its surroundings.

En la antigua colina había preciosas casas de estilo colonial.

There were lovely Colonial houses on the ancient hill.

Y la casa se alzaba a la sombra del campanario georgiano más hermoso de América.

And the house stood under the shadow of the finest Georgian steeple in America.

Lo encontré trabajando en su habitación, entre sus esculturas.

I found him at work in his rooms, among his sculptures.

Los ejemplares dispersos provenían de una mente muy singular.

The specimens scattered came from a very unique mind.

Enseguida admití que su genialidad es, en efecto, profunda y auténtica.

At once I conceded that his genius is indeed profound and authentic.

Ha cristalizado en arcilla aquello que Arthur Machen evoca en prosa.

He has crystallized in clay that which Arthur Machen evokes in prose.

Reflejó en mármol las pesadillas que Clark Ashton Smith plasmó en el lienzo.

He mirrored in marble the nightmares Clark Ashton Smith put to canvas.

Creo que algún día se hablará de él como uno de los grandes decadentes.

He will, I believe, be spoken of one day as one of the great decadents.

Era moreno, frágil y de aspecto algo descuidado.

He was dark, frail, and somewhat unkempt in aspect.

Se giró lánguidamente al oír que llamaba a su puerta.

He turned languidly at my knock on his door.

No se levantó de su asiento cuando entré.

He didn't rise from his seat when I came in.

Y me preguntó cuál era el propósito de mi visita.

And he asked me what the purpose of my visit was.

Cuando le dije quién era, su interés se despertó.

When I told him who I was his interest was piqued.

Mi tío había despertado su curiosidad al indagar en sus extraños sueños.

My uncle had excited his curiosity by probing his strange dreams.

Aunque nunca había explicado el motivo del estudio.

Although he had never explained the reason for the study.

No amplié sus conocimientos en este sentido.

I did not enlarge his knowledge in this regard.

Pero intenté, con cierta sutileza, ganarme su confianza.

But I sought with some subtlety to gain his confidence.

En poco tiempo me convencí de su absoluta sinceridad.
In a short time I became convinced of his absolute sincerity.
**Habló de los sueños de una manera que nadie podía
malinterpretar.**
He spoke of the dreams in a manner none could mistake.
**El residuo subconsciente de sus sueños había influido
profundamente en su arte.**
His dreams' subconscious residuum had influenced his art
profoundly.
**Me enseñó una estatua macabra como nunca antes había
visto.**
He showed me a morbid statue of the likes I had never seen
before.
**Los contornos de la estatua casi me hicieron temblar de
miedo.**
The statue's contours almost made me shake with fear.
**La fuerza de la sugerencia oscura de la estatua era
abrumadora.**
The potency of the statue's black suggestion was overbearing.
No recordaba haber visto el original de aquello.
He could not recall having seen the original of this thing.
**Pero la estatua se inspiró en el bajorrelieve de sus propios
sueños.**
But the statue was inspired by his own dream bas-relief.
**Los contornos se habían ido formando imperceptiblemente
bajo sus manos.**
The outlines had formed themselves insensibly under his
hands.
**Sin duda, se trataba de la gigantesca figura de la que había
hablado delirantemente en su delirio.**
It was, no doubt, the giant shape he had raved of in delirium.
**Pronto dejó claro que en realidad no sabía nada del culto
oculto.**
That he really knew nothing of the hidden cult he soon made
clear.
**Solo el incesante catecismo de mi tío le había dado algunas
pistas.**

Only my uncle's relentless catechism had given him some
clues.

**Y una vez más me esforcé por refutar las conclusiones
obvias.**

And again I strove to explain the obvious conclusions away.

¿Cómo pudo haber recibido esas impresiones tan extrañas?

How he could possibly have received the weird impressions?

Hablaba de sus sueños de una manera extrañamente poética.

He talked of his dreams in a strangely poetic fashion.

Me hizo ver con terrible viveza los paisajes de su sueño.

He made me see with terrible vividness the vistas of his
dream.

La húmeda ciudad ciclópea de piedra verde viscosa.

The damp Cyclopean city of slimy green stone.

**La geometría que, curiosamente, dijo, era completamente
errónea.**

The geometry he oddly said, was all wrong.

Y habló de lo que oyó con una expectación temerosa.

And he spoke of what he heard with frightened expectancy.

El llamado incesante, casi mental, desde el subsuelo:

The ceaseless, half-mental calling from underground:

"Cthulhu fhtagn... Cthulhu fhtagn"

"Cthulhu fhtagn... Cthulhu fhtagn"

Estas palabras habían formado parte de aquel temido ritual.

These words had formed part of that dreaded ritual.

El ritual que narraba la vigilia onírica del difunto Cthulhu.

The ritual the told of dead Cthulhu's dream-vigil.

El ritual que hablaba de su bóveda de piedra en R'lyeh.

The ritual that told of his stone vault at R'lyeh.

**Y me sentí profundamente conmovido, a pesar de mis
creencias racionales.**

And I felt deeply moved, despite my rational beliefs.

**Estaba seguro de que Wilcox había oído hablar de la secta de
alguna manera casual.**

Wilcox, I was sure, had heard of the cult in some casual way.

**Pasó su tiempo inmerso en una gran cantidad de literatura
igualmente extraña.**

He spent his time in a mass of equally weird literature.

Debe haber olvidado la fuente de su conocimiento.

He must have forgotten the source of his knowledge.

Posteriormente, el culto encontró expresión subconsciente en sus sueños.

Later the cult had found subconscious expression in his dreams.

Pero esto es natural cuando las historias son tan impresionantes.

But this is natural when stories are so impressive.

Finalmente, las ideas del culto se manifestaron en el bajorrelieve.

Finally the cult's ideas manifested themselves in the bas-relief.

Y ahora el objeto del culto se manifestó en la terrible estatua.

And now the subject of the cult manifested itself in the terrible statue.

Estaba convencido de que su suplantación de identidad ante mi tío había sido completamente inocente.

I was convinced his imposture upon my uncle had been very innocent.

Era a la vez un poco afectado y un poco maleducado.

He both slightly affected, and slightly ill-mannered.

Tenía un carácter que nunca me pudo gustar.

He had a disposition which I could never like.

Pero ahora estaba lo suficientemente dispuesto como para admitir su genialidad.

But I was willing enough now to admit his genius.

Y tampoco tengo forma de negar su honestidad.

And I have no way of denying his honesty either.

A pesar de mis sentimientos iniciales, me despedí de él amistosamente.

Despite my initial feelings, I took leave of him amicably.

Y le deseo todo el éxito que su talento promete.

And I wish him all the success his talent promises.

***

El tema de la secta seguía fascinándome.

The matter of the cult continued to fascinate me.

En ocasiones, tenía visiones de la fama personal que podría alcanzar.

At times I had visions of the personal fame I could attain.

Visité Nueva Orleans y hablé con Legrasse.

I visited New Orleans and talked with Legrasse.

Y hablé con otros policías sobre aquella redada en el pantano.

And I spoke with other policemen of that swamp raid.

Vi la espantosa imagen con mis propios ojos.

I saw the frightful image with my own eyes.

E incluso interrogué a algunos de los prisioneros mestizos supervivientes.

And I even questioned some of the surviving mongrel prisoners.

Lamentablemente, el viejo Castro llevaba muerto algunos años.

Old Castro, unfortunately, had been dead for some years.

Lo que ahora escuché de primera mano, de forma tan gráfica, me emocionó de nuevo.

What I now heard so graphically at first hand excited me afresh.

Aunque en realidad no fue más que una confirmación detallada.

Though it was really no more than a detailed confirmation.

Lo que me contaron ya lo había leído en los apuntes de mi tío.

What they told me I had already read in my uncle's notes.

Estaba seguro de que estaba tras la pista de un secreto muy real.

I felt sure that I was on the track of a very real secret.

Y estaba seguro de que iba a descubrir una religión muy antigua.

And I was sure I was going to discover a very ancient religion.

Este descubrimiento me convertiría en un antropólogo de renombre.

The discovery would make me an anthropologist of note.

Mi actitud seguía siendo la de un materialismo racional absoluto.

My attitude was still one of absolute rational materialism.

Y ojalá mi actitud hacia el tema no hubiera cambiado.

And I wish my attitude to the subject matter had not changed.

Desestimé las coincidencias con una perversidad casi inexplicable.

I discounted with almost inexplicable perversity the coincidences.

Las notas oníricas y los recortes sueltos recopilados por el profesor Angell.

The dream notes and odd cuttings collected by Professor Angell.

Una de las cosas que empecé a dudar fue la causa de la muerte de mi tío.

One thing I began to doubt was the cause of my uncle's death.

Comencé a sospechar que su muerte distaba mucho de ser natural.

I began to suspect his death was far from natural.

Y ahora temo saber que la muerte de mi tío no fue natural.

And I now fear I know my uncle's death was not natural.

Cayó en una calle estrecha en una colina.

It was on a narrow hill street where he fell.

La calle partía del antiguo paseo marítimo.

The street lead up from the ancient waterfront.

La ciudad portuaria está repleta de mestizos extranjeros.

The port-town swarms with foreign mongrels.

Cayó al suelo tras un empujón imprudente de un marinero negro.

He fell after a careless push from a negro sailor.

No había olvidado la ascendencia mestiza de los miembros de la secta en Luisiana.

I had not forgotten the mixed blood of the cult-members in Louisiana.

No me había olvidado de los marineros en la orgía vudú.

I had not forgotten the sailors in the voodoo orgy.

Y no me sorprendería saber que también poseían otros conocimientos.

And would not be surprised to learn that they had other knowledge too.

Métodos secretos conocidos antiguamente como ritos crípticos.

Secret methods as anciently known as the cryptic rites.

Agujas envenenadas tan despiadadas como sus creencias demoníacas.

Poison needles as ruthless their demonic beliefs.

Es cierto que a Legrasse y a sus hombres los han dejado solos.

Legrasse and his men, it is true, have been let alone.

Pero en Noruega, cierto marinero que vio cosas ha muerto.

But in Norway a certain seaman who saw things is dead.

¿Acaso oídos siniestros no habrán captado el interés de mi tío por el escultor?

Might not sinister ears have picked up my uncle's interest in the sculptor?

¿Acaso las indagaciones más profundas de mi tío no habrían llamado la atención de alguien?

Might not the deeper inquiries of my uncle have drawn someone's attention?

Creo que el profesor Angell murió porque sabía demasiado.

I think Professor Angell died because he knew too much.

O murió porque era probable que aprendiera demasiado.

Or he died because he was likely to learn too much.

Está por ver si yo seguiré mi mismo camino, como él lo hizo.

Whether I shall go out as he did remains to be seen.

Porque yo también he aprendido mucho sobre Cthulhu.

Because I too have learned much about Cthulhu.

La locura del mar
The Madness from the Sea

Hay un gran favor que el cielo podría concederme.

There is one great boon heaven could grant me.

La anulación total de los resultados de una mera casualidad.

The total effacing of the results of a mere chance.

Ojalá nunca hubiera visto ese trozo de papel perdido.

I wish I had never seen that stray piece of paper.

Mi rutina diaria normalmente no me habría llevado allí.

My daily routine would normally not have taken me there.

En cualquier otro día no me habría dado cuenta de nada.

On any other day I would not have noticed anything.

Era un número antiguo de una revista australiana.

It was an old number of an Australian journal.

El Boletín de Sídney del 18 de abril de 1925

The Sydney Bulletin for April 18, 1925

El periódico incluso había logrado burlar los controles de la oficina de recortes.

The paper had even slipped past the cutting bureau.

En gran medida, le había delegado mis consultas a un amigo.

I had largely given over my inquiries to a friend.

Él se había hecho cargo de la mayor parte del trabajo de investigación.

He had taken on the work of most of the research.

Había empezado a referirse al grupo como el "Culto de Cthulhu".

He had come to refer to the group as the "Cthulhu Cult".

Estaba visitando a mi erudito amigo en Paterson, Nueva Jersey.

I was visiting my learned friend of Paterson, New Jersey.

El conservador de un museo local y un mineralogista de renombre.

The curator of a local museum, and a mineralogist of note.

Durante mi visita a su museo, tuve acceso a los ejemplares reservados.

While at his museum I had access to the reserved specimens.

Y fue entonces cuando una imagen extraña llamó mi atención.

And this is when an odd picture caught my attention.

Debajo de una de las piedras estaba el Sydney Bulletin que mencioné.

Beneath one of the stones was the Sydney Bulletin I mentioned.

Mi amigo tiene numerosas conexiones en todos los países extranjeros imaginables.

My friend has wide affiliations in all conceivable foreign lands.

La imagen era un plano en semitonos de una horrible imagen de piedra.

The picture was a half-tone cut of a hideous stone image.

Era casi idéntica a la piedra que Legrasse había encontrado en el pantano.

Almost identical with the stone Legrasse had found in the swamp.

Leí el artículo con avidez por su valioso contenido.

Eagerly I read the article for its precious contents.

Pero me decepcionó descubrir que se trataba de un artículo breve.

But I was disappointed to find that it was just a short article.

Aunque breve, la información era de gran trascendencia.

Although brief, the information was of portentous significance.

***

"ENCONTRADO EN EL MAR UN MISTERIOSO BARCO ABANDONADO"

"MYSTERY DERELICT FOUND AT SEA"

El Vigilant llega con un yate neozelandés armado e indefenso a remolque.

Vigilant Arrives With Helpless Armed New Zealand Yacht in Tow.

Se encontró un superviviente y un fallecido a bordo.

One Survivor and one Dead Man Found Aboard.
Relato de una batalla desesperada y muertes en el mar.
Tale of Desperate Battle and Deaths at Sea.
El marinero rescatado se niega a dar detalles de su extraña experiencia.
Rescued Seaman Refuses Particulars of Strange Experience.
Se encontró un extraño ídolo en su poder; se iniciará una investigación.
Odd Idol Found in His Possession, Inquiry to Follow.
El yate Alert of Dunedin, de Nueva Zelanda, había quedado inutilizado en combate.
The Alert of Dunedin yacht, N.Z., had been disabled in battle.
Anteriormente, el barco había zarpado de Valparaíso el 25 de marzo.
Previously the ship had left from Valparaiso on March 25th.
El 2 de abril, el barco fue desviado considerablemente hacia el sur de su rumbo.
On April 2nd the ship was driven considerably south of her course.
Unas tormentas excepcionalmente fuertes habían desviado el rumbo del barco.
Exceptionally heavy storms had redirected the ship.
Unas olas gigantescas obligaron al barco a tomar una ruta diferente.
Monster waves forced the ship to take a different route.
El 12 de abril, otro barco avistó la embarcación.
On April 12th the ship was sighted by another ship.
Latitud 34° 21', Longitud 152° 17'
Latitude 34° 21', Longitude 152° 17'
Inicialmente pensaron que el barco había sido abandonado.
Initially they thought the ship had been deserted.
Pero a bordo se encontró a un hombre que aún seguía con vida.
But one still living man had been found on board.
Este único superviviente se encontraba en un estado de semidelirio.
This lone survivor was in a half-delirious condition.

La única otra víctima encontrada era un hombre que llevaba muerto una semana.

The only other victim found was a man already dead a week.

En ese momento, el yate de vapor fuertemente armado estaba siendo remolcado.

Now the heavily armed steam yacht was being towed.

Y esta mañana el barco estaba llegando a su muelle.

And this morning the ship was coming in to its wharf.

El hombre vivo sostenía un horrible ídolo de piedra.

The living man was clutching a horrible stone idol.

El ídolo de piedra medía aproximadamente un pie de altura.

The stone idol was about a foot in height.

Y el origen de la piedra era completamente desconocido.

And the origins of the stone were completely unknown.

Las autoridades de la Universidad de Sídney estaban desconcertadas.

Authorities at Sydney university were baffled.

La Royal Society no pudo ofrecer información sobre el ídolo.

The Royal Society couldn't offer information about the idol.

Y el museo de College Street tampoco aportó ninguna información relevante.

And the Museum in College street had no insights either.

El superviviente afirma haber encontrado la piedra en la cabina del yate.

The survivor says he found the stone in the cabin of the yacht.

Supuestamente, el ídolo se encontraba en un pequeño santuario tallado.

Allegedly the idol was in a small carved shrine.

Y las tallas del santuario seguían un patrón común.

And the carvings of the shrine were of common pattern.

Este hombre finalmente recuperó la cordura.

This man eventually recovered back to his senses.

Y contó una historia sumamente extraña de piratería y matanza.

And he told an exceedingly strange story of piracy and slaughter.

**Se trata de Gustaf Johansen, un noruego bastante
inteligente.**

He is Gustaf Johansen, a Norwegian of some intelligence.

**Y había sido segundo oficial de la goleta de dos mástiles
Emma de Auckland.**

And he had been second mate of the two-masted schooner
Emma of Auckland.

**El barco zarpó hacia Callao el 20 de febrero con una
tripulación de once marineros.**

The ship sailed for Callao February 20th, manned by eleven
sailors.

**Según él, el barco se retrasó y se desvió considerablemente
hacia el sur de su rumbo.**

The ship, he says, was delayed and thrown widely south of
her course.

Hubo una gran tormenta el 1 de marzo y el 22 de marzo.

There was a great storm on March 1st, and on March 22nd.

En su viaje se encontraron con otro barco.

On their journey they encountered another ship.

Esto ocurrió en latitud sur 49° 51´, longitud oeste 128° 34´.

This was in S. Latitude 49° 51´, W. Longitude 128° 34´

**Esta nave estaba tripulada por una tripulación extraña y de
aspecto malvado.**

This ship was manned by a queer and evil-looking crew.

Todos los hombres eran kanakas y mestizos.

All the men were of Kanakas and half-castes.

**Tras recibir la orden perentoria de dar la vuelta, el capitán
Collins se negó.**

Being ordered peremptorily to turn back, Capt. Collins
refused.

**Sin previo aviso, la extraña tripulación comenzó a disparar
salvajemente contra la goleta.**

Without warning the strange crew began to shoot savagely
upon the schooner.

**Dispararon una batería de cañones de bronce de una
potencia inusual.**

They shot a peculiarly heavy battery of brass cannon.

Los hombres de su barco demostraron espíritu de lucha, afirma el superviviente.

The men from his ship showed fighting spirit, says the survivor.

La goleta comenzó a hundirse debido a los disparos que impactaron bajo la línea de flotación.

The schooner began to sink from shots beneath the waterline.

Pero lograron acercarse al barco enemigo y abordarlo.

But they managed to heave alongside their enemy boat, and board her.

Lucharon cuerpo a cuerpo con la tripulación salvaje en la cubierta del yate.

They grappled with the savage crew on the yacht's deck.

Su forma de luchar parecía extrañamente torpe.

Their mode of fighting seemed to be strangely clumsy.

Pero la derrota no parecía ser una opción para estos hombres salvajes.

But defeat did not seem to be an option for these savage men.

Tenían una forma de luchar particularmente abominable y desesperada.

They had a particularly abhorrent and desperate way of fighting.

Así que no les quedó más remedio que matar a todos los hombres del barco enemigo.

So they had no choice but to kill all men of the enemy ship.

Tres de sus hombres también murieron en la lucha.

Three of their men were also killed in the fight.

El capitán Collins y el primer oficial Green figuraban entre los fallecidos.

Capt. Collins and First Mate Green were among the dead.

El segundo oficial Johansen tomó el mando del primer oficial Green.

Second Mate Johansen took over control from First Mate Green.

Y los ocho hombres restantes procedieron a navegar el yate capturado.

And the remaining eight men proceeded to navigate the captured yacht.

Procedieron a continuar en la dirección original en la que iban.

They proceeded to continue in the original direction they were going.

Para comprobar si había habido algún motivo por el que les ordenaran dar la vuelta.

To see if there had been any reason they were ordered to turn around.

****

Al día siguiente, según parece, desembarcaron en una pequeña isla.

The next day, it appears, they landed on a small island.

Aunque no se tiene constancia de que exista ninguna isla en esa parte del océano.

Although no island is known to exist in that part of the ocean.

Seis de los hombres murieron en tierra firme mientras se encontraban en la isla.

Six of the men somehow died ashore while on the island.

Aunque Johansen se muestra extrañamente reticente sobre esta parte de su historia.

Though Johansen is queerly reticent about this part of his story.

Y solo habla de cómo cayeron en un abismo rocoso.

And he speaks only of their falling into a rock chasm.

Más tarde, al parecer, él y un acompañante subieron a bordo del yate.

Later, it seems, he and one companion boarded the yacht.

Juntos intentaron navegar el barco, con una tripulación insuficiente.

Together they tried to sail the ship, undermanned.

Pero fueron azotados por la tormenta del 2 de abril.

But they were beaten about by the storm of April 2nd.

Desde ese momento hasta su rescate el día 12, el hombre recuerda poco.

From that time till his rescue on the 12th, the man remembers little.

Y ni siquiera recuerda cuándo murió William Briden, su compañero.

And he does not even recall when William Briden, his companion, died.

La autopsia no pudo revelar ninguna causa obvia de la muerte de Briden.

Autopsy could reveal no obvious cause to Briden's death.

La causa más probable de muerte es la exposición a la intemperie.

The most likely cause of death is exposure to the elements.

El periódico Dunedin informó que su barco, el Alert, era muy conocido.

The Dunedin reported that their boat, the Alert, was well known.

Los comerciantes de la isla tenían mala fama en el puerto.

The island traders bore an evil reputation along the waterfront.

El barco era propiedad de un peculiar grupo de mestizos.

The ship was owned by a curious group of half-castes.

Las frecuentes reuniones y las excursiones nocturnas al bosque despertaron curiosidad.

Frequent meetings and night trips to the woods attracted curiosity.

El barco había zarpado a toda prisa el 1 de marzo.

The ship had set sail in great haste on March 1st.

Justo después de la tormenta y los temblores de tierra de aquella noche.

Just after the storm, and the earth tremors that night.

Nuestro corresponsal en Auckland le da al Emma una excelente reputación.

Our Auckland correspondent gives the Emma excellent reputation.

La tripulación del Emma era muy respetada.

The Crew from the Emma were held very in high regard.

Y Johansen es descrito como un hombre sobrio y honorable.

And Johansen is described as a sober and worthy man.

El Almirantazgo iniciará una investigación sobre todo el asunto.

The admiralty will institute an inquiry on the whole matter.

A partir de mañana recopilarán toda la información pertinente.

Starting tomorrow they will collect all relevant information.

Se hará todo lo posible para conseguir que Johansen hable.

Every effort will be made to induce Johansen to speak.

Esta información, junto con la imagen infernal, era toda la que tenía para seguir adelante.

This and the hellish image were all the information I had to go on.

¡Pero qué cadena de ideas desató esa pequeña información en mi mente!

But what a train of ideas that little information started in my mind!

Aquí se encontraban nuevos tesoros de datos sobre el Culto de Cthulhu.

Here were new treasuries of data on the Cthulhu Cult.

La secta no solo tenía intereses en la tierra.

The cult not only had interests on land.

Ahora existían pruebas de que también tenían vínculos con el mar.

Now there was evidence they also had connections to the sea.

¿Qué motivo impulsó a la tripulación híbrida a pedir la devolución del Emma?

What motive prompted the hybrid crew to order back the Emma?

¿Por qué navegaban con su horrible ídolo?

Why did they sail about with their hideous idol?

¿Cuál era la isla desconocida en la que murieron seis miembros de la tripulación del Emma?

What was the unknown island on which six of the Emma's crew had died?

¿Y por qué Johansen guardaba tanto secreto sobre su muerte?

And why was Johansen so secretive about their death?

¿Qué había revelado la investigación del vicealmirantazgo?

What had the vice-admiralty's investigation brought out?

¿Y qué se sabía de la secta nociva de Dunedin?

And what was known of the noxious cult in Dunedin?

Tampoco era posible evitar asombrarse de la coincidencia de los acontecimientos.

Nor could one help but marvel at the timing of the events.

Existía una conexión profunda y más que natural entre las fechas.

There was a deep and more than natural linkage between the dates.

Un significado pernicioso y ahora innegable para los diversos giros de los acontecimientos.

A malign and now undeniable significance to the various turns of events.

***

Mi tío había anotado con gran atención los acontecimientos que conectaban los hechos.

My uncle had noted with great care the connecting events.

El 1 de marzo se produjo el terremoto y la tormenta.

On March 1st the earthquake and storm had come.

28 de febrero, según la Línea Internacional de Cambio de Fecha.

February 28th, according to the International Date Line.

Desde Dunedin, la ruidosa tripulación del Alert zarpó con entusiasmo.

From Dunedin the noisome crew of the Alert darted eagerly forth.

Se movían como si hubieran sido convocados imperiosamente.

They moved as if they had been imperiously summoned.

En el otro lado del mundo se desarrollaron los demás acontecimientos.

On the other side of the earth the other events unfolded.

Los poetas y artistas habían comenzado a tener sueños extraños.

Poets and artists had begun to have their strange dreams.

Sueños de una húmeda ciudad ciclópea de tiempos remotos.

Dreams of a dank Cyclopean city from times long gone.

Un joven escultor también se dejó seducir por estos sueños.

A young sculptor was persuaded by these dreams too.

En sueños, moldeó la figura del temido Cthulhu.

In his sleep he molded the form of the dreaded Cthulhu.

El 23 de marzo, la tripulación del Emma desembarcó en una isla desconocida.

On March 23rd the crew of the Emma landed on an unknown island.

Allí, en esa isla, dejaron seis hombres muertos.

There on that island they left six men dead.

En esa fecha, los sueños de los hombres sensibles adquirieron una viveza intensificada.

On that date the dreams of sensitive men assumed a heightened vividness.

Sus sueños se oscurecieron con el pavor a la persecución maligna de un monstruo gigante.

Their dreams darkened with dread of a giant monster's malign pursuit.

Aquella noche, un arquitecto enloqueció a causa de sus sueños.

One architect went mad from his dreams that night.

¡Y un escultor había caído repentinamente en un estado de delirio!

And a sculptor had lapsed suddenly into delirium!

Y luego llegó la tormenta del 2 de abril.

And then there was the storm of April 2nd.

La fecha en que cesaron todos los sueños de la ciudad húmeda.

The date on which all dreams of the dank city ceased.

Wilcox salió ileso de la esclavitud de una extraña fiebre.
Wilcox emerged unharmed from the bondage of strange fever.
Y todo parecía volver a la normalidad.
And everything appeared to be normal again.
Pero ¿qué hay de las insinuaciones que había dado el viejo Castro?
But what about the hints old Castro had suggested?
¿Y qué hay de los antiguos hundidos, nacidos de las estrellas?
What about the sunken, star-born old ones?
¿Qué hay de su prometido regreso y su futuro reinado?
What about their promised return and coming reign?
¿Qué hay de su fiel culto y su dominio de los sueños?
What about their faithful cult and their mastery of dreams?
¿Estaba yo al borde de horrores cósmicos?
Was I tottering on the brink of cosmic horrors?
¿Horrores cósmicos que superan con creces la capacidad de resistencia del hombre?
Cosmic horrors far beyond man's power to bear?
Si es así, deben ser horrores puramente mentales.
If so, they must be horrors of the mind alone.
El dos de abril se produjo una calma repentina y coordinada.
On the second of April there was sudden coordinated calm.
La monstruosa amenaza que asediaba el alma de la humanidad había desaparecido.
The monstrous menace that sieged mankind's soul had vanished.
Esa misma tarde hice todos los preparativos necesarios para continuar mi viaje.
That evening I made all necessary arrangements for onwards travel.
Me despedí de mi anfitrión y tomé un tren hacia San Francisco.
I bade my host adieu and took a train for San Francisco.

***

En menos de un mes estaba en el puerto de Dunedin.

In less than a month I was at the port of Dunedin.

Sin embargo, aquí mi investigación tropezó un poco.

Here, however, my investigation stumbled slightly.

Pregunté en las antiguas tabernas de marineros donde los hombres habían permanecido durante un tiempo.

I inquired in the old sea taverns where the men had lingered.

Pero poco se sabía de los extraños miembros de la secta.

But little was known of the strange cult members.

La gentuza del puerto era demasiado común como para mencionarla especialmente.

Waterfront scum was far too common for special mention.

Pero se hablaba vagamente de un viaje tierra adentro que habían hecho estos perros mestizos.

But there was vague talk about one inland trip these mongrels had made.

En las colinas distantes se oían leves tamborileos y llamas rojas.

Faint drumming and red flames were noted on the distant hills.

En Auckland solo aprendí un poco más sobre Johansen.

In Auckland I learned only a little more of Johansen.

Lo habían trasladado a Sídney para la investigación.

He had been taken to Sydney for the investigation.

Un interrogatorio superficial e inconcluso le hizo encanecer el pelo.

A perfunctory and inconclusive questioning turned his hair white.

Posteriormente vendió su casa de campo en West Street.

Thereafter he sold his cottage in West Street.

Y navegó con su esposa hacia su antiguo hogar en Oslo.

And he sailed with his wife to his old home in Oslo.

Su experiencia, sin duda, lo había conmovido profundamente.

His experience had clearly stirred him deeply.

Pero no les contó a sus amigos nada más de lo que les había contado a los oficiales del almirantazgo.

But he told his friends no more than he had told the admiralty officials.

Y lo único que pudieron hacer fue darme su dirección en Oslo.

And all they could do was to give me his Oslo address.

Después de eso fui a Sídney y charlé sin provecho con marineros.

After that I went to Sydney and talked profitlessly with seamen.

Los miembros del tribunal del vicealmirantazgo tampoco pudieron aclararme la situación.

Members of the vice-admiralty court could not enlighten me either.

Localicé la alerta en Circular Quay, en Sydney Cove.

I tracked the Alert down to Circular Quay in Sydney Cove.

El barco había sido vendido y volvía a estar en uso comercial.

The ship had been sold and was again in commercial use.

Pero no pude obtener más pistas de la carga del barco.

But I could gain no further clues from the ship's cargo.

La imagen se conservó en el Museo de Hyde Park.

The image was preserved in the Museum at Hyde Park.

La cabeza de sepia, el cuerpo de dragón y las alas escamosas.

The cuttlefish head, dragon body, and scaly wings.

El monstruo agazapado sobre el pedestal con jeroglíficos.

The monster crouching atop the hieroglyphed pedestal.

Estudié cada detalle del ídolo durante mucho tiempo y con detenimiento.

I studied every detail of the idol long and well.

La reliquia era una pieza de una factura exquisitamente funesta.

The relic was a thing of balefully exquisite workmanship.

No pude evitar notar la similitud con el ejemplar más pequeño de Legrasse.

I couldn't help but notice the similarity to Legrasse's smaller specimen.

Ambos ídolos compartían el mismo misterio absoluto y una antigüedad terrible.

Both idols had the same utter mystery and terrible antiquity.

Y ambos ídolos tenían la misma extrañeza sobrenatural en su material.

And both idols had the same unearthly strangeness of material.

Según me comentó el conservador, los geólogos lo consideraban un enigma monstruoso.

Geologists, the curator told me, had found it a monstrous puzzle.

Insistían en que en el mundo no existía ninguna roca como esa.

They insisted that the world held no rock like this one.

Entonces pensé, con un escalofrío, en lo que el viejo Castro le había contado a Legrasse.

Then I thought with a shudder of what old Castro had told Legrasse.

La historia de los grandes seres primigenios, sumergidos bajo el mar.

The tale of the primal great ones, sunken under the sea.

"Habían venido de las estrellas."

"They had come from the stars."

"Habían traído consigo sus imágenes."

"They had brought their images with them."

Me vi sacudido por una revolución mental como nunca antes había experimentado.

I was shaken with a mental revolution as I had never before known.

Ahora estaba completamente decidido a visitar a Mate Johansen en Oslo.

I was now completely resolved to visit Mate Johansen in Oslo.

Zarpando rumbo a Londres, volví a embarcar inmediatamente rumbo a la capital noruega.

Sailing for London, I re-embarked at once for the Norwegian capital.

Y un día de otoño llegué a los muelles.

And one autumn day I landed at the wharves.

***

La ciudad natal de Johansen estaba a la sombra del Egeberg.
Johansen's hometown was in the shadow of the Egeberg.
Descubrí que vivía en el casco antiguo del rey Harold Haardrada.
I discovered he lived in the Old Town of King Harold Haardrada.
Durante siglos, la gran ciudad se había hecho pasar por "Christiania".
For centuries the greater city had masqueraded as "Christiania".
El rey Harald Hardrada mantuvo vivo el nombre de Oslo.
King Harald Hardrada kept alive the name of Oslo.
Hice el breve trayecto hasta su residencia en taxi.
I made the brief trip to his residences by taxicab.
Un edificio antiguo y bien cuidado con fachada enlucida.
A neat and ancient building with plastered front.
Y llamé a la puerta con el corazón palpitante.
And I knocked with palpitant heart at the door.
Una mujer vestida de negro con semblante triste respondió a mi llamada.
A sad-faced woman in black answered my summons.
Me sentí profundamente decepcionado al verlo.
I was stung with disappointment at the sight.
Me dijo, en un inglés titubeante, que Gustaf Johansen había fallecido.
She told me in halting English that Gustaf Johansen was no more.
Su esposa contó que no había sobrevivido mucho tiempo a su regreso.
He had not long survived his return, said his wife.
Los sucesos ocurridos en el mar en 1925 lo habían destrozado.
The doings at sea in 1925 had broken him.

No le había dicho nada más de lo que le había dicho al público.

He had told her no more than he had told the public.

Pero había dejado un extenso manuscrito sobre "cuestiones técnicas".

But he had left a long manuscript of "technical matters".

Estas notas del viaje habían sido escritas en inglés.

These notes of the voyage had been written in English.

Evidentemente, para protegerla del peligro de una lectura superficial.

Evidently in order to safeguard her from the peril of casual perusal.

Había salido a dar un paseo por un callejón estrecho cerca del muelle de Gotemburgo.

He had gone for a walk through a narrow lane near the Gothenburg dock.

Un fajo de papeles que cayó desde la ventana del ático lo derribó.

A bundle of papers falling from an attic window had knocked him down.

Dos marineros lascar le ayudaron a ponerse de pie enseguida.

Two Lascar sailors at once helped him to his feet.

Pero antes de que la ambulancia pudiera llegar hasta él, ya había fallecido.

But before the ambulance could reach him he was dead.

Los médicos no encontraron ninguna causa suficiente para su muerte.

The physicians found no adequate cause for his death.

En su mayoría, atribuyeron su muerte a problemas cardíacos.

They mostly attributed his death to heart trouble.

Pero añadieron que su constitución debilitada probablemente contribuyó a ello.

But they added his weakened constitution most likely contributed.

En ese momento sentí un profundo roer en mis órganos vitales.

I now felt a deep gnawing at my vitals.

Un terror oscuro que nunca me abandonará hasta que yo también encuentre la paz.

A dark terror which will never leave me till I, too, am at rest.

No puedo decir si mi muerte será "accidental" o no.

Whether my death will come "accidentally" or not I can't tell.

Hablé con la viuda sobre el trabajo de su marido.

I spoke to the widow about her husband's work.

Y la convencí de que tenía una conexión "técnica" con él.

And I persuaded her I had a "technical" connection to him.

Así que ella consideró que yo tenía derecho suficiente al manuscrito.

So she felt I was sufficiently entitled to the manuscript.

Y así alcancé la escritura del hombre muerto.

And so I attained the dead man's writing.

Comencé a leer los documentos en el barco rumbo a Londres.

I began to read the documents on the boat to London.

No eran más que notas simples y divagantes.

They were little more than simple, rambling notes.

El intento de un marinero ingenuo de escribir un diario a posteriori.

A naive sailor's effort at a post-facto diary.

Se esforzaba por recordar día tras día aquel último viaje terrible.

He strove to recall that last awful voyage day by day.

No puedo intentar transcribir sus notas palabra por palabra.

I cannot attempt to transcribe his notes verbatim.

El manuscrito está plagado de vaguedades y redundancias.

The manuscript is clouded with vagueness and redundance.

Pero les contaré la esencia de lo que escribió.

But I will tell the gist of what he wrote.

Quizás entonces entiendas por qué me tapé los oídos con algodón.

Perhaps then you will understand why I stuffed my ears with cotton.

El sonido del agua contra los costados del barco se volvió insoportable.

The sound of the water against the vessel's sides became unendurable.

***

Gracias a Dios, Johansen no supo muy bien lo que había visto.

Johansen, thank God, did not quite know what he had seen.

Pero es evidente que había visto la ciudad y la Cosa.

But it is evident he had seen the city and the Thing.

Jamás volveré a dormir tranquila al pensar en esos horrores.

I shall never sleep calmly again when I think of the horrors.

Los horrores que acechan sin cesar tras la vida en el tiempo y el espacio.

The horrors that lurk ceaselessly behind life in time and space.

Esas blasfemias impías que provienen de estrellas antiguas.

Those unhallowed blasphemies that come from elder stars.

Soñadores bajo el mar conocidos únicamente por un culto de pesadilla.

Dreamers beneath the sea known only by a nightmare cult.

Una secta dispuesta y ansiosa por liberar a estos monstruos en el mundo.

A cult ready and eager to release these monsters into the world.

Cada vez que otro terremoto levanta de nuevo su monstruosa ciudad de piedra.

Whenever another earthquake raises their monstrous stone city again.

Cuando Cthulhu esté de nuevo bajo la luz del sol.

When Cthulhu is under the light of the sun once more.

El viaje de Johansen había comenzado tal como se lo había contado al vicealmirante.

Johansen's voyage had begun just as he told it to the vice-admiralty.

El Emma, que navegaba en lastre, había zarpado de Auckland el 20 de febrero.

The Emma, in ballast, had cleared Auckland on February 20th.

El barco había sentido toda la fuerza de aquella tempestad provocada por el terremoto.

The ship had felt the full force of that earthquake-born tempest.

Los horrores del fondo del mar que llenaban los sueños de los hombres.

The horrors from the sea-bottom that filled men's dreams.

Una vez que el barco volvió a estar bajo control, avanzaba a buen ritmo.

Once under control again the ship was making good progress.

Pero el 22 de marzo, el barco fue retenido por el Alert.

But then the ship was held up by the Alert on March 22nd.

Pude sentir el pesar del compañero mientras escribía sobre el bombardeo y el hundimiento del barco.

I could feel the mate's regret as he wrote of her bombardment and sinking.

Habla con horror de los sectarios de tez morena que van en el otro barco.

Of the swarthy cult-fiends on the other boat he speaks with horror.

Había algo particularmente abominable en ellos.

There was some peculiarly abominable quality about them.

Algo hacía que su destrucción pareciera casi un deber.

Something made their destruction seem almost a duty.

Este punto se planteó durante el proceso judicial.

This point was brought up during the proceedings of the court of inquiry.

Johansen muestra un asombro ingenuo ante la acusación de crueldad.

Johansen shows ingenuous wonder at the accusation of ruthlessness.

La curiosidad fue lo que impulsó a esos hombres a seguir adelante en el yate que habían capturado.

Curiosity is what drove the men on in their captured yacht.

Los hombres divisaron un gran pilar de piedra que sobresalía del mar.

Sticking out of the sea the men sighted a great stone pillar.

En latitud sur 47° 9', longitud oeste 126° 43', se encuentran con una línea costera.

In South Latitude 47° 9', West Longitude 126° 43' they come upon a coastline.

La línea costera era una mezcla de lodo, fango y mampostería ciclópea cubierta de maleza.

The coastline was of mingled mud, ooze, and weedy Cyclopean masonry.

Nada menos que la sustancia tangible del terror supremo de la tierra.

Nothing less than the tangible substance of earth's supreme terror.

Se habían topado con la ciudad-cadáver de pesadilla de R'lyeh.

They had come across the nightmare corpse-city of R'lyeh.

Una ciudad construida en incontables eones, muy atrás en la historia.

A city built in measureless eons behind history.

Monumentos a vastas y repugnantes formas que se filtraban desde las estrellas oscuras.

Monuments to vast loathsome shapes that seeped down from the dark stars.

Allí yacían el gran Cthulhu y sus hordas durante ciclos incalculables.

There lay great Cthulhu and his hordes for incalculable cycles.

Ocultos en bóvedas verdes y viscosas, enviaban sus pensamientos.

Hidden in green slimy vaults, they sent out their thoughts.

Los pensamientos que siembran el miedo en los sueños de los sensibles.

The thoughts that spread fear to the dreams of the sensitive.

Los pensamientos que llamaban imperiosamente a los fieles.

The thoughts that called imperiously to the faithful.

"Únete a una peregrinación de liberación y restauración."

"Come on a pilgrimage of liberation and restoration."
Johansen no tenía forma de sospechar todo este horror.
All this horror Johansen had no way of suspecting.
¡Pero Dios sabe que pronto tuvo suficiente!
But God knows he had soon seen enough!
Supongo que lo que vieron fue solo la cima de una sola montaña.
I suppose what they saw was only a single mountain-top.
Poco después, el resto de la ciudad emergió de las aguas.
Soon the rest of the city emerged from the waters.
La horrenda ciudadela coronada por un monolito donde fue enterrado el gran Cthulhu.
The hideous monolith-crowned citadel where great Cthulhu was buried.
Me estremezco al pensar en todo lo que puede estar gestándose ahí abajo.
I shudder to think of all that may be brooding down there.
Y casi deseo suicidarme para detener estos pensamientos.
And I almost wish to kill myself to stop these thoughts.

***

Johansen y sus hombres quedaron sobrecogidos por la majestuosidad cósmica.
Johansen and his men were awed by the cosmic majesty.
Contemplaron la visión de esta Babilonia goteante de demonios primigenios.
They beheld the sight of this dripping Babylon of elder demons.
Debieron haber adivinado, sin ninguna guía, lo que vieron.
They must have guessed without guidance what it was they saw.
Lo que vieron no se parecía en nada a esto ni a ningún planeta cuerdo.
What they saw was nothing of this or of any sane planet.
El tamaño increíble de los bloques de piedra verdosa.
The unbelievable size of the greenish stone blocks.

La vertiginosa altura del gran monolito tallado.
The dizzying height of the great carven monolith.
Y luego estaban los bajorrelieves encontrados en el barco capturado.
And then there was the bas-reliefs found on the captured ship.
Las colosales estatuas reflejaban la escena representada en las tallas.
The colossal statues mirrored the scene on the carvings.
Johansen logró algo muy cercano al futurismo.
Johansen achieved something very close to futurism.
Porque no describió ninguna estructura o edificio definido.
Because he did not describe any definite structure or building.
Se detuvo en las amplias impresiones que le producían los vastos ángulos y las superficies de piedra.
He dwelled on the broad impressions of vast angles and stone surfaces.
Superficies demasiado grandes para pertenecer a algo correcto o apropiado para esta tierra.
Surfaces too great to belong to anything right or proper for this earth.
Superficies impías con imágenes horribles y jeroglíficos.
Surfaces impious with horrible images and hieroglyphs.
Hay una razón por la que menciono su charla sobre ángulos.
There is a reason I mention his talk about angles.
Me recuerda a algo que Wilcox me contó sobre sus horribles sueños.
It reminds me of something Wilcox had told me of his awful dreams.
Había dicho que la geometría del lugar onírico que vio era anormal.
He had said that the geometry of the dream-place he saw was abnormal.
Esferas no euclidianas, diferentes a todo lo que existe aquí en la Tierra.
Non-Euclidean spheres unlike anything here on earth.
Dimensiones repugnantemente fragantes, completamente diferentes a las nuestras.

Loathsomely redolent dimensions completely unlike ours.

Ahora un marinero estaba describiendo exactamente lo mismo.

Now a seaman was describing the exact same thing.

Ambos tuvieron la misma terrible visión de esta realidad.

They bad both had the same terrible glimpse of this reality.

Johansen y sus hombres desembarcaron en un banco de lodo inclinado.

Johansen and his men landed at a sloping mud-bank.

Y alzaron la vista hacia aquella monstruosa Acrópolis.

And they looked up at this monstrous Acropolis.

Se deslizaron resbaladizasmente sobre bloques titánicos y viscosos.

They clambered slippery up over titan oozy blocks.

Bloques que no podrían haber sido una escalera mortal.

Blocks which could have been no mortal staircase.

El mismísimo sol del cielo parecía distorsionado en aquella niebla.

The very sun of heaven seemed distorted in this mist.

Un miasma polarizador que brota de esta perversión empapada de mar.

A polarizing miasma welling out from this sea-soaked perversion.

Una amenaza retorcida y un suspense acechaban en aquellas esquivas rocas.

Twisted menace and suspense lurked in those elusive rocks.

Una segunda mirada reveló concavidad donde la primera mostraba convexidad.

A second glance showed concavity where the first showed convexity.

Una especie de pánico se apoderó de todos los exploradores.

Something very like fright had come over all the explorers.

Cada uno de ellos habría huido de no haber temido el desprecio de los demás.

Each man would have fled had he not feared the scorn of the others.

Y su búsqueda fue en vano, aunque sin mucho entusiasmo.

And it was only half-heartedly that they vainly searched.

Buscaban algún recuerdo portátil para llevarse de recuerdo.

They were looking for some portable souvenir to bear away.

Fue Rodríguez, el portugués, quien escaló hasta la base del monolito.

It was Rodriguez, the Portuguese, who climbed up the foot of the monolith.

Desde allí gritó lo que había encontrado.

From there he shouted of what he had found.

Los demás le siguieron hasta los pies del monolito.

The rest followed him to the foot of the monolith.

Miraron con curiosidad la inmensa puerta que tenían delante.

They looked curiously at the immense door in front of them.

El ahora conocido dragón-calamar estaba tallado en la puerta.

The now familiar squid-dragon was carved on the door.

Según Johansen, era como la puerta de un granero.

It was, Johansen said, like a great barn-door.

Aunque dijeron que solo daba la impresión de ser una puerta.

Although they said it only gave the impression of a door.

No podían decidir si la puerta era plana como una trampilla.

They could not decide if the door lay flat like a trap-door.

O tal vez la abertura estaba inclinada como la puerta exterior de una bodega.

Or maybe the opening was slanted like an outside cellar-door.

Como habría dicho Wilcox, la geometría del lugar era completamente errónea.

As Wilcox would have said, the geometry of the place was all wrong.

No se podía tener la certeza de que el mar y la tierra fueran horizontales.

One could not be sure that the sea and the ground were horizontal.

Por lo tanto, la posición relativa de todo lo demás parecía fantasmalmente variable.

Hence the relative position of everything else seemed phantasmally variable.

Briden empujó la piedra en varios puntos, sin éxito.

Briden pushed at the stone in several places, without result.

Entonces Donovan tanteó con delicadeza el borde de la puerta.

Then Donovan felt delicately over around the edge of the door.

Trepó interminablemente por la grotesca moldura de piedra.

He climbed interminably along the grotesque stone molding.

Aunque, si realmente se le puede llamar escalada, es discutible.

Although, if you could really call it climbing is debatable.

Quizás la puerta era más horizontal que vertical.

Perhaps the door was more horizontal than vertical.

Y los hombres se preguntaban cómo podía existir una puerta tan inmensa en todo el universo.

And the men wondered how any door in the universe could be so vast.

Entonces, muy suave y lentamente, algo comenzó a suceder.

Then, very softly and slowly, something began to happen.

El panel, de una hectárea de ancho, comenzó a ceder hacia adentro en la parte superior.

The acre-great panel began to give inward at the top.

Y vieron que la puerta se había equilibrado sola.

And they saw that the door had balanced itself.

***

De alguna manera, Donovan logró impulsarse de nuevo a lo largo del marco de la puerta.

Donovan somehow propelled himself back along the jamb.

Y todos observaron la extraña recesión del portal monstruosamente tallado.

And everyone watched the queer recession of the monstrously carven portal.

En esta fantasía de distorsión prismática, se movió de forma anómala en diagonal.

In this fantasy of prismatic distortion it moved anomalously in a diagonal way.

Todas las reglas de la materia y la perspectiva parecían confusas.

All the rules of matter and perspective seemed confused.

La abertura era negra con una oscuridad casi material.

The aperture was black with a darkness almost material.

Esa tenebrosidad era, en efecto, una cualidad positiva.

That tenebrousness was indeed a positive quality.

Los hombres se libraron de ver las murallas interiores.

The men were spared from seeing the inner walls.

La oscuridad surgió como humo de su prisión milenaria.

The darkness burst forth like smoke from its eon-long imprisonment.

El sol se oscurecía visiblemente por el aleteo de unas alas membranosas.

The sun was visibly darkened by flapping membranous wings.

Y la sombra se deslizó hacia el cielo menguante y giboso.

And the shadow slunk away into the shrunken and gibbous sky.

El olor que emanaba de las profundidades recién descubiertas era intolerable.

The odor arising from the newly opened depths was intolerable.

Hawkins, de oído agudo, creyó oír un sonido desagradable y baboso.

The quick-eared Hawkins thought he heard a nasty, slopping sound.

Sus sospechas se confirmaron cuando Aquello apareció a la vista, arrastrándose y babeando.

His ears were confirmed when It lumbered slobberingly into sight.

Su inmensidad verde gelatinosa se extendía a tientas por el pasillo negro.

Its gelatinous green immensity groped through the black hall.
Y su lodo y olor se filtraban por la puerta inclinada.
And Its ooze and smell squeezed through the angled door.
La Cosa se adentró en el aire contaminado de aquella ciudad venenosa de locura.
The Thing went into the tainted air of that poison city of madness.
La letra del pobre Johansen casi se desvaneció cuando escribió esto.
Poor Johansen's handwriting almost gave out when he wrote of this.
Cree que dos hombres perecieron de puro terror en aquel instante maldito.
He thinks two men perished of pure fright in that accursed instant.
Aquello no puede describirse con nuestro lenguaje.
The Thing cannot be described with our language.
No existen palabras para describir semejantes abismos de gritos y locura inmemorial.
There are no words for such abysms of shrieking and immemorial lunacy.
Contradicciones cósmicas de toda la materia, la fuerza y el orden cósmico.
Eldritch contradictions of all matter, force, and cosmic order.
Una montaña que caminó y tropezó sobre la tierra. ¡Dios!
A mountain that walked and stumbled on the earth. God!
No es de extrañar que en algún lugar del mundo un gran arquitecto enloqueciera.
No wonder that across the earth a great architect went mad.
No es de extrañar que el pobre Wilcox delirara de fiebre en ese instante telepático.
No wonder poor Wilcox raved with fever in that telepathic instant.
La verde y pegajosa progenie de las estrellas caminaba sobre la tierra.
The green, sticky spawn of the stars, was walking the earth.

La Cosa de los ídolos había despertado para reclamar lo que le pertenecía.

The Thing of the idols had awaked to claim his own.

Los astros volvieron a alinearse, tal como se había predicho.

The stars were aligned again, as was predicted.

Una secta ancestral había fallado en el cumplimiento de sus deberes.

An age-old cult had failed in their duties.

Y un grupo de marineros inocentes cumplió su papel por accidente.

And a band of innocent sailors fulfilled their role by accident.

Tras vigintillones de años, el gran Cthulhu andaba suelto de nuevo.

After vigintillions of years great Cthulhu was loose again.

Y ahora el gran Cthulhu ansiaba deleitarse.

And now great Cthulhu was ravening for delight.

Tres hombres fueron engullidos por las garras flácidas antes de que nadie se diera cuenta.

Three men were swept up by the flabby claws before anybody turned.

Que Dios los tenga en su gloria, si es que existe algún descanso en el universo.

God rest them, if there be any rest in the universe.

Que conste que sus nombres eran Donovan, Guerrera y Angstrom.

Let it be known that their names were Donovan, Guerrera and Angstrom.

Parker resbaló cuando intentaba escapar.

Parker slipped as he was trying to make his escape.

Los otros tres se lanzaban frenéticamente de vuelta al bote.

The other three were plunging frenziedly back to the boat.

Corrieron a través de interminables extensiones de roca cubierta de una costra verde.

They ran over endless vistas of green-crusted rock.

Johansen jura que fue engullido por un ángulo de mampostería.

Johansen swears he was swallowed up by an angle of masonry.

Un ángulo que no debería haber estado ahí.

An angle which shouldn't have been there.

Un ángulo que era agudo, pero se comportaba como si fuera obtuso.

An angle which was acute, but behaved as if it were obtuse.

Solo Briden y Johansen lograron regresar al barco.

Only Briden and Johansen made it back to the boat.

Los dos hombres tuvieron un momento de buena suerte.

The two men had a moment of good fortune.

La monstruosidad descomunal se desplomó sobre las piedras resbaladizas.

The mountainous monstrosity flopped down on the slimy stones.

Y la bestia vaciló, debatiéndose al borde del agua.

And the beast hesitated floundering at the edge of the water.

El barco de vapor no se había quedado completamente sin brasas.

The steam boat had not entirely run out of hot coals.

A pesar de la partida de todos los hombres hacia la costa.

Despite the departure of all men for the shore.

Los dos hombres corrían frenéticamente de arriba abajo entre las ruedas.

Feverishly the two men rushed up and down between wheels.

Bastaron unos instantes para poner en marcha el motor.

It was the work of only a few moments to get the engine going.

En medio de los horrores distorsionados de aquella escena indescriptible.

Amidst the distorted horrors of that indescribable scene.

Lentamente, su bote comenzó a agitar las letales aguas que se extendían bajo ella.

Slowly their boat began to churn the lethal waters beneath her.

Y avanzaron a lo largo de la mampostería de aquella orilla desolada.

And they moved along the masonry of that charnel shore.

Esa extraña costa que no era de este mundo.
That strange coastline that was not from this world.

***

La criatura titánica de las estrellas babeaba y balbuceaba.
The titan Thing from the stars slavered and gibbered.
Como Polifemo maldiciendo el barco de Odiseo que huía.
Like Polypheme cursing the fleeing ship of Odysseus.
Entonces el gran Cthulhu se deslizó grasientamente hacia el agua.
Then great Cthulhu slid greasily into the water.
Más audaz y atrevido que el legendario Cíclope.
Bolder and more daring than the storied Cyclops.
Cthulhu los persiguió a través del agua con movimientos cósmicos.
Cthulhu pursued them through the water with cosmic movement.
Briden miró hacia atrás desde el barco y comenzó a reírse estridentemente.
Briden looked back from the ship and started laughing shrilly.
Desde ese momento, Briden no dejó de reírse a intervalos irregulares.
From that moment Briden continued laughing at odd intervals.
Pero Johansen aún no se había dado por vencido.
But Johansen had not given up yet.
Sabía que su barco no tenía ninguna posibilidad de superar a esa cosa.
He knew his ship had no chance of outpacing the thing.
Así que decidió arriesgarse desesperadamente.
So he resolved on taking a desperate chance.
Cargó el horno y puso el motor a máxima velocidad.
He loaded the furnace and set the engine for full speed.
Y entonces corrió como un rayo hacia la cubierta y dio marcha atrás al timón.

And then he ran lightning-like on deck and reversed the wheel.

En la fétida salmuera se formaban fuertes remolinos y espuma.

There was a mighty eddying and foaming in the noisome brine.

El vapor ascendía cada vez más alto hacia el cielo.

The steam mounted higher and higher into the sky.

Y el valiente noruego cambió el rumbo de la persecución.

And the brave Norwegian reversed the course of the chase.

Ante él se alzaba la espuma impura como la popa de un galeón demoníaco.

Before him rose the unclean froth like the stern of a demon galleon.

Condujo su embarcación de frente contra la medusa que lo perseguía.

He drove his vessel head on against the pursuing jelly.

La horrible cabeza de calamar casi llegaba al bauprés del yate.

The awful squid-head came nearly up to the yacht's bowsprit.

Pero Johansen siguió adelante sin descanso, luchando contra las tentáculos que se retorcían.

But Johansen drove on relentlessly against the writhing feelers.

Se produjo un estallido, como el de una vejiga que explota.

There was a bursting as of an exploding bladder.

Había una sustancia viscosa y desagradable, como la de un pez luna hendido.

There was a slushy nastiness as of a cloven sunfish.

Había un hedor como el de mil tumbas abiertas.

There was a stench as of a thousand opened graves.

Y hubo un sonido que el cronista no plasmó en el papel.

And there was a sound the chronicler did not put on paper.

Por un instante, el barco quedó envuelto en una nube acre.

For an instant the ship was befouled by an acrid cloud.

La nube verde cegó a Johansen y al loco.

The green cloud blinded Johansen and the mad man.

Y entonces solo quedó una popa hirviente y venenosa.
And then there was only a venomous seething astern.
¡Pero Dios mío! Lo que vieron los dos hombres a
continuación;
But God in heaven! What the two men saw next;
La plasticidad dispersa de esa criatura celestial sin nombre.
The scattered plasticity of that nameless sky-spawn.
La cosa herida se estaba recombinando de forma nebulosa.
The injured thing was nebulously recombining.
Pronto Cthulhu volvería a su odiosa forma original.
Soon Cthulhu would be back in its hateful original form.
**Pero la distancia entre ellos aumentaba con cada segundo
que pasaba.**
But their distance was widening with every second.
El barco estaba ganando impulso gracias al creciente vapor.
The ship was gaining impetus from its mounting steam.
Y finalmente, la ciudad maldita apareció en el horizonte.
And eventually the cursed city was over the horizon.

***

Tras escapar por poco, no intentó orientarse.
He did not try to navigate after their lucky escape.
Su reacción le había arrebatado algo del alma.
His reaction had taken something out of his soul.
Pasaba el tiempo meditando sobre el ídolo en la cabaña.
He spent his time brooding over the idol in the cabin.
Él cuidó del maníaco risueño en el bote.
He looked after the laughing maniac in the boat.
Y se ocupó de algunos asuntos como la comida.
And he attended to a few matters such as food.
Luego llegó la tormenta del 2 de abril.
Then came the storm of April 2nd.
Ese día, las nubes se cernieron sobre su conciencia.
On that day clouds gathered over his consciousness.
Hay una sensación de delirio puro y refinado.
There is a sense of pure and refined delirium.

Remolino espectral a través de abismos líquidos de infinitud.

Spectral whirling through liquid gulfs of infinity.

Viajes vertiginosos a través de universos tambaleantes en la cola de un cometa.

Dizzying rides through reeling universes on a comet's tail.

Caídas histéricas desde el abismo hasta la luna.

Hysterical plunges from the pit to the moon.

Y volvió a precipitarse desde la luna hasta el abismo.

And he plunged back again from the moon to the pit.

Un coro estridente de dioses primigenios distorsionados y divertidísimos.

A cachinnating chorus of the distorted, hilarious elder gods.

Y los duendes burlones verdes con alas de murciélago del Tártaro.

And the green bat-winged mocking imps of Tartarus.

De ese sueño surgió el rescate: el barco Vigilant.

Out of that dream came rescue; the ship Vigilant.

El tribunal del vicealmirantazgo y las calles de Dunedin.

The vice-admiralty court and the streets of Dunedin.

El largo viaje de regreso a casa, a la vieja casa junto al Egeberg.

The long voyage back home to the old house by the Egeberg.

No podía contarle a nadie lo que había visto.

He could not tell anyone of what he had seen.

Si hubiera dicho la verdad, habrían pensado que se había vuelto loco.

Had he told the truth they would have thought he had gone mad.

Así que escribió en secreto sobre lo que sabía antes de morir.

So he secretly wrote of what he knew before death came.

"La muerte sería una bendición si tan solo pudiera borrar los recuerdos."

"Death would be a boon if only it could blot out the memories."

Ese fue el documento que dejó Johansen.

That was the document Johansen left behind.

Y ahora he colocado este documento en la caja de hojalata.

And now I have placed this document in the tin box.

En la caja también se encuentra el bajorrelieve tallado del sueño.

In the box is also the dream carved bas-relief.

Y he incluido los trabajos del profesor Angell.

And I have included the papers of Professor Angell.

Con esta caja irá este disco mío.

With this box shall go this record of mine.

Estas notas se han convertido en una prueba de mi propia cordura.

These notes have become a test of my own sanity.

Pero espero que mis descubrimientos nunca vuelvan a ser reconstruidos.

But I hope my discoveries are never be pieced together again.

He contemplado todo lo que el universo tiene para ofrecer en cuanto a horror.

I have looked upon all that the universe has to hold of horror.

Pero ahora incluso los cielos de primavera son oscuridad para mí.

But now even the skies of spring are darkness to me.

Incluso las flores del verano son para siempre veneno para mí.

Even the flowers of summer are forever poison to me.

Pero no creo que mi vida vaya a ser larga.

But I do not think my life will be long.

Como le sucedió a mi tío, así me llegará mi fin.

As my uncle went, so shall my end come.

Así como le sucedió al pobre Johansen, así me llegará mi hora.

As poor Johansen went, so shall my time come.

Sé demasiado, y la secta aún sigue viva.

I know too much, and the cult still lives.

Cthulhu también sigue vivo, supongo.

Cthulhu still lives, too, I can only suppose.

Supongo que Cthulhu está de nuevo en ese abismo de piedra.

I assume Cthulhu is again in that chasm of stone.
La ciudad que lo ha protegido desde que el sol era joven.
The city which has shielded him since the sun was young.
Sé que su ciudad maldita se ha hundido una vez más.
I know his accursed city is sunken once more.
La tripulación del Vigilant navegó por esa zona después de la tormenta de abril.
The crew of the Vigilant sailed over the spot after the April storm.
Pero sus ministros en la tierra aún veneran su regreso.
But his ministers on earth still worship his return.
En lugares solitarios se congregan alrededor de su ídolo.
In lonely places they congregate around their idol.
Y braman, se pavonean y matan en rituales satánicos.
And they bellow and prance and slay in satanic ritual.
Debió quedar atrapado por el hundimiento de su abismo negro.
He must have been trapped by the sinking of his black abyss.
De lo contrario, el mundo estaría ahora mismo gritando de miedo y frenesí.
Or else the world would by now be screaming with fright and frenzy.
¿Quién sabe cómo llegará el final?
Who knows how the end will come about?
Lo que ha subido puede hundirse, y lo que se ha hundido puede subir.
What has risen may sink, and what has sunk may rise.
La repugnancia espera y sueña en las profundidades.
Loathsomeness waits and dreams in the deep.
Y la decadencia se extiende sobre las tambaleantes ciudades de los hombres.
And decay spreads over the tottering cities of men.
Llegará un momento en que esa ciudad resurgirá del mar.
A time will come where that city rises out the sea again.
¡Pero no debo pensar en cuándo llegará ese día!
But I must not think about when that day will come!
Tengo una plegaria por si este manuscrito me sobrevive.

I have one prayer if this manuscript outlives me.
Ruego a mis albaceas que antepongan la prudencia a la audacia.
I pray my executors put caution before audacity.
Ruego que este manuscrito no llegue a manos de nadie más.
I pray this manuscript meets no other eyes.

***

Encontrado entre los papeles del difunto Francis Wayland Thurston, de Boston.
Found among the papers of the late Francis Wayland Thurston, of Boston.

www.ingramcontent.com/pod-product-compliance
Lightning Source LLC
Chambersburg PA
CBHW010439170726
48283CB00011B/3290